로크미디어가
유혹하는
재미있는 세상

이것이 삶이다

이것이 법이다 145

2022년 10월 6일 초판 1쇄 인쇄
2022년 10월 12일 초판 1쇄 발행

지은이 자카예프
발행인 김정수 강준규

기획 이기헌 왕소현 박경무 강민구 조익현
책임편집 최전경
마케팅지원 이원선

발행처 (주)로크미디어
출판등록 2003년 3월 24일
주소 서울시 마포구 성암로 330 DMC첨단산업센터 318호
Tel (02)3273-5135 **편집** 070-7863-8592 **Fax** (02)3273-5134
홈페이지 rokmedia.com **E-mail** rokmedia@empas.com

ⓒ 자카예프, 2015

값 8,000원

ISBN 979-11-354-7359-3 (145권)
ISBN 979-11-255-9575-5 04810 (세트)

이것이 법이다

145

자카예프 장편소설

ROK
MEDIA
로크미디어

CONTENTS

국가에 책임이란 없는가

소미한 중위.

20년 전 군대에서 자살로 처리한 사건의 피해자.

그들의 공식적인 입장은 그랬다.

"하지만 내 딸이 자살했을 리가 없습니다."

소미한 중위의 아버지 소춘모는 지친 얼굴로 말했다.

"휴가가 끝나자 웃는 얼굴로 건강하게 돌아오겠다고 말하고 돌아간 아이입니다. 그런 아이가 왜 자살하겠습니까?"

"군대에서는 뭐라고 하던가요?"

"군대에서는 군 내부의 부적응자였다고 주장합니다."

공식 보고서에도 군 내 부적응으로 혼란스러워하다가 휴가 이후에 자살을 선택했다고 기록되어 있다.

"그리고 그걸로 끝이고요?"

"네."

"이걸 믿을 수는 없겠군요."

대한민국의 군대는 어쩔 수 없는 성역이다.

노형진이 많이 바꾸려고 노력했고 실제로 세상이 많이 바뀌기도 했지만, 군대라는 조직은 지독한 폐쇄성 때문에 바꾸는 데 한계가 있었다.

실제로 여전히 군대는 내부에서 사망자가 발생하면 어떻게 해서든 사건을 자살로 조작하려고 한다.

조사하는 게 아니다.

조작이다. 조작하다 안 되면 어쩔 수 없이 그제야 다른 쪽으로 방향을 바꿔서 사건을 파고든다.

"소미한 중위가 자살한 정확한 이유가 뭐라고 하던가요?"

"단순 군 내 부적응이라고만……."

물론 분명 그건 있을 수 있는 일이기는 하다.

아무리 여자가 지원으로만 군대에 갈 수 있다고 해도 군은 다른 곳과 다르게 특수한 집단이다.

어떻게 들어갈 수 있다곤 해도 나가는 건 마음대로 안 된다.

그러니 부적응이 있을 수도 있다.

'그렇다고 해도 이런 식으로 대충 사건을 덮는 건 말이 안 되지.'

주행 중에 차량이 갑자기 다리에서 강으로 떨어졌다. 그리고 물속에서 벗어나지 못하였고, 결국 사인은 질식사.

군 내부에서는 자살이 목적이기에 핸들을 돌렸고, 차량에서 탈출하려고 하지 않았다고 주장했다.

자실할 이유가 없다는 피해자 측의 주장이 전혀 인정되지 않은 것을 보면 군대에서 자살이라고 답을 정해 두고 재판한 티가 확 났다.

"그 이후로 이 냉동실에 계속 따님을 모시고 있었던 겁니까?"

"누군가 재조사해 줄 거라 믿어서요."

'후우.'

물론 의문사재조사위원회가 있기는 하다.

하지만 한시적 운영이었을 뿐이다.

군대에서는 어떻게 해서든 그런 재조사위원회를 운영하지 않으려고 한다.

군의문사재조사위원회가 생겼을 때 군대에서는 그들을 빨갱이라면서 모욕하는 것을 서슴지 않았다.

'한정적으로 운영하는 게 아니라 아예 계속 운영해야 한다니까.'

노형진이 보기에는 군 내부에 조사를 맡기는 것만큼 병신 같은 짓이 없었다.

어차피 그들은 답을 정해 두고 조사하는 놈들이니까.

"그러면 그 당시에 따님분의 보직이 어떻게 됩니까?"

"군사령부에서 근무했습니다."

"군사령부에서요?"

"네."

"흠."

노형진은 다시 한번 소미한의 사진을 바라보았다.

웃고 있는, 20대의 군복을 입은 여성. 그녀를 보면서 노형진은 왠지 꺼림칙한 기분이 들었다.

"군사령부라……."

"그게 왜 잘못된 건가요?"

"네? 아니요. 그럴 리가요. 당연히 잘못된 건 아닙니다. 군사령부에서 근무하는 여군의 비율이 높은 것도 사실이고요."

여군은 아무리 그래도 현재 대한민국의 군 내부에서 특수한 존재다. 일선 장교로 내보내서 제대로 훈련을 받으면 좋은데 현실적으로 한계가 있기 때문이다.

일선 부대로 내보내면 완전히 남자만 있던 부대에 여성 시설을 따로 만들어야 한다는 불편함이 생긴다.

일단 여성 전용 화장실 같은 건 전혀 없으니까.

그리고 현실적인 문제로 병사들이 여자 장교들을 존중하고 따라오지 않는 성향이 강하다.

그럴 수밖에 없는 게, 현재 군 내부에서 여성 장교의 체력장 같은 게 남자와는 별개로 이루어지고 있다.

그러다 보니 어지간한 병사들보다 여성 장교의 체력이 떨어지는 게 현실이다.

이것이 법이다

남녀를 떠나서 행군을 하는데 완전군장으로 같이 걸어가는 중대장과 단독 군장으로 혼자서 걸어가는 중대장에 대한 장병들의 생각이 어떨지는 뻔하다.

당장 방송에서도 육사 소속 여군 훈련생이 아주 당연하다는 듯 자기 군장을 남자 훈련생들에게 맡기고는 혼자 단독 군장을 하고 걸어갈 지경이니 일선 부대에 가면 무슨 일이 벌어지겠는가?

방송에서는 전우애라고 포장했지만 목숨을 건 전쟁터에 나가야 하는 군인에게 있어서 그건 전우애가 아니라 민폐, 그것도 아주 심한 민폐일 뿐이다.

전우애란 같이 고생하고 서로를 지켜 줄 때 발생하는 거지 한쪽이 한쪽을 이용할 때 생기는 것이 아니다.

그리고 결정적으로 여군들 중 일부의 지휘 숙련도 부족 문제로 인해 장병들이 기피하는 경향도 있다.

실제로 훈련에 들어가면 막사 같은 걸 여군이 아닌 장병에게 치도록 시키는 경우가 상당히 많다.

그렇게 되는 이유는 간단하다. 국방부에서는 여군을 지휘관으로 발령하는 걸 그다지 좋아하지 않기 때문이다.

자대에서조차 남자만으로 이루어진 군대라는 조직의 특성상 여군 시설이나 지원은 거의 없다고 봐야 하는데 훈련을 나간다거나 하면 불편한 게 한두 개가 아니다.

화장실도 따로 만들어야 하고 샤워 시설도, 텐트도 문제다.

물론 그들은 여자가 아니라 군인이라고 주장하는 사람도 있지만 현실적으로 여자라는 부분을 감안하지 않고 그대로 훈련과 일상을 적용하면 복잡해지는 게 이루 말할 수가 없다.

그러다 보니 대부분의 여군은 지휘관이 아니라 사무 행정 등 내부 순환직으로 근무하게 된다.

그러다 보니 숙련도를 넘어서 아예 치는 법을 까먹는 경우까지 발생한다. 텐트 치는 법 같은 건 훈련소에서 두어 번 배웠다고 해도 4년간 한 번도 안 치다 보면 자연스럽게 잊히기 마련이다.

그러다 보니 전투력 면에서도 현실적인 면에서도, 아무래도 군 내부에서 일반적인 여군은 전투부대 발령이 꺼려지는 게 사실이고, 그러다 보니 대부분의 여군은 전투 지원 업무로 돌려진다.

그리고 그중 가장 많이 배정되는 곳이 바로 군사령부다.

"그러면 보직은요?"

"군 기밀 사항이라고 알려 주지 않았습니다."

"지랄하고 자빠졌네."

"네?"

노형진이 갑자기 욕을 하자 소춘모는 깜짝 놀라 바라보았다.

"아닙니다. 그냥…… 느낌이 와서요, 하하하."

"느낌이라니요?"

"따님이…… 예뻐서요."

"네…… 제 딸이지만 너무 예쁘지요. 군인이 되고 싶다고 그렇게 노력했는데……."

"네…… 너무 예뻐요."

그리고 군대를 두 번 다녀온 노형진 입장에서는, 군대에서는 예쁘다는 게 죄악이라는 걸 알고 있었다.

⚖️

"어떻게 생각하세요?"

"사진만 보고 생각할 게 아니지만."

김성식은 소미한의 사진을 보면서 쓰게 웃었다.

"예쁘기는 하군. 군인이 아니라 연예인을 했어야 하는 거 아닌가?"

"그래야 했을지도 모르지요."

군인으로서 군복을 입고 있음에도 불구하고 여느 걸 그룹에 밀리지 않을 외모를 가진 소미한.

그 사진을 보면서 노형진은 쓰게 웃었다.

"더군다나 이 기록을 보면 딱 근무처가 가려져 있습니다. 잘 모르는 아버님은 그게 왜 문제가 되는지 모르는 것 같습니다만."

"상관이 누군지 안 나와 있군."

"네, 이상한 일이지요."

공식적으로 소미한은 군수지원사령부에서 근무한 것으로 되어 있었다.

　하지만 그건 소속이지 보직이 아니다.

　"자네는 어떻게 생각하나?"

　"아마도 비서 노릇을 한 게 아닐까 생각합니다."

　"역시 그렇지?"

　군대라는 조직은 지극히 폐쇄적이고 가부장적인 세계다.

　현실적으로 본다면 군 내부에서 여성 장교는 대부분 일종의 꽃으로 취급받는다.

　물론 지금은 많이 나아졌다지만 이건 20년 전 사건이다.

　20년 전에는 일선 부대에 여성 장교를 보내는 경우가 드물었고, 현실적으로 예쁜 여자들에게는 장군님들을 보좌하는 업무가 떨어지곤 했다.

　노형진은 그 꼴을 가장 가까이에서 봤던 사람이다. 군법무관이었으니까.

　그 때문에 군대의 해결 방식 그리고 그들의 은폐 방식에 대해 누구보다 잘 알고 있다.

　그리고 김성식 역시 군법무관 출신이어서 그들의 방식을 알고 있었다.

　"아마도 장군님 이름이 들어가겠지요."

　어지간한 아이돌보다 예쁜 여자 장교가 사령부에 배치되었다? 그러면 100% 장군의 보좌 업무를 맡게 된다는 것을 두 사람은 알고 있었다.

"하지만 사망 사고가 나자 자연스럽게 은폐했다는 건데."

김성식은 한참 고민하다가 노형진에게 물었다.

"그런데 말이야, 그렇다고 사진만 보고 판단하는 건 좀 그렇지 않나? 물론 나도 군 내부의 상황을 모르는 건 아닐세. 아마도 찾아보면 자네 말마따나 어떤 장군님 아래에서 일했겠지. 하지만 그렇다고 해서 자살이 아니라고 판단하는 건 좀 그렇지 않나?"

"음…… 제가 그렇게 생각한 건 단순히 소미한 씨의 외모 때문은 아닙니다."

"그러면?"

"자살 처리라서 제가 이상하다고 생각하는 겁니다."

"자살 처리라서?"

그 말에 김성식은 고개를 갸웃했다. 이해가 가지 않았으니까.

하지만 노형진의 다음 말을 들으면서 자신도 모르게 고개를 끄덕거릴 수밖에 없었다.

"만일 제가 사건 당당 군 검사라면 그냥 사고 처리했을 겁니다. 군 내부에서 벌어진 일도 아니고, 그냥 다리에서 추락해서 사망한 사건 아닙니까?"

"그야 그렇지."

노형진의 말에 김성식은 고개를 끄덕거렸다.

자살로 처리하면 어찌 되었건 군 내부에서도 한 소리 나올 수밖에 없다.

　자살 이유가 군 내부에서 벌어진 부조리 때문인지 아니면 개인 사유인지는 알 수 없지만, 그래도 군 내부에서는 심각하게 받아들일 수밖에 없다.

　그에 반해 사고라면? 군과는 상관없는 일이 된다.

　그냥 사고가 났고, 죽었다.

　군대와는 아무런 관련이 없는 일이다.

　하지만 군대에서는 자살이라고 발표하는 바람에 소춘모는 딸의 보험금조차도 받지 못했다.

　군 내부가 복잡해지고 보험금 문제도 있는데 굳이 자살로 발표할 이유가 있을까? 사고로 발표했다면 깔끔했을 텐데?

　"사실 생각해 보면 소춘모 씨가 저렇게 버티는 이유도 '자살' 때문입니다."

　"하긴, 그렇지."

　단순 사고라고 했다면 소미한의 아버지 소춘모도 그냥 딸을 잃어버렸다는 슬픔으로 끝났지, 버틸 이유는 없었을 것이다.

　하지만 자살했다고 발표하는 바람에 결국은 '내 딸은 자살할 리가 없다.'라고 주장하면서 20년을 넘게 버티는 상황이 되어 버린 것이다.

　"그러면 둘 중 하나죠."

　진짜로 빼도 박도 못할 자살이든가, 아니면 군 내부에서 자살로 해야 했던 원인이 있든가.

이것이 법이다

"그리고 저라면 후자에 가능성을 둡니다."

유감이지만 군대는 자신들에게 피해가 올 가능성이 있으면 거짓말도 태연하게 하는 조직이다.

좀 독하게 말하면 북한의 결사옹위 대상이 김정은이라면, 한국의 군 내부에서 결사옹위 대상으로 보는 건 국민이나 대통령이 아닌 장군이다.

즉, 자살이 아니라 사고로 하면 깔끔하게 사건이 정리된다면 사고로 처리하지 자살로 처리하지는 않는다는 것이다.

설사 진짜로 자살이라고 해도 말이다.

"하지만 사고나 자살이나 결국 군 내부에서는 똑같은 거 아닌가? 안 그런가?"

노형진의 말에 김성식은 약간은 이상하다는 듯 말했다.

결국 사고든 자살이든 군 내부에서 입을 타격은 없다.

군 내부에서 자살이라고 해 봐야 조금 더 복잡해지는 정도이니까.

실제로 군대에서는 부적응으로 인한 자살이라고 주장했고 그게 먹혔다. 그게 끝.

"하지만 소관이 달라지지요."

"소관이 달라진다니?"

"단순 사고는 경찰의 소관입니다. 하지만 군인의 자살은 국방부 소관이지요."

그 말에 김성식의 시선이 묘하게 변했다.

"그러고 보니 그렇군. 자살과 사고는 다르지."

교통사고는 국방부 사건이 아닌 경찰 사건이고 자살은 국방부에서 관리하는 사건이다.

"그리고 그런 경우 부검의 권한 역시 경찰에서 국방부로 넘어갑니다."

"잠깐, 부검? 부검이라고 했나?"

"그렇습니다."

"부검이라……. 그건 생각을 못 했군."

부검하는 게 경찰이 아니라 국방부라면 이야기가 달라진다. 그렇게 되면 국방부에서 부검 기록을 조작하는 건 일도 아닐 테니까.

그리고 그게 의미하는 것은 하나뿐이다.

더군다나 군 내부에서 사망 사고가 발생하는 경우 기본적으로 시신의 보관은 국방부 소관이다.

만일 사고로 분류되고 장례를 치르면 그때 유가족에게 시신이 인도된다.

"하지만 소미한 중위의 시신은 여전히 군대에서 쥐고 있지요."

그 말에 김성식은 눈을 찡그렸다.

그 말은 이쪽에서 조사하고 싶어도 할 방법이 없다는 소리다. 이쪽에서 부검을 요청한다고 한들 국방부가 들어줄 리가 없으니까.

그들이 그렇게까지 감추고 싶어 하는 이유는 하나뿐이다.

"살인이라고 생각하는 건가?"

"가능성이 없지는 않지요. 국방부가 부검 기록을 조작하는 건 뭐 거의 일상 아닙니까?"

"하긴, 그건 그렇군."

가장 대표적인 사건이 윤 일병 사건이라고 알려진 모 사단의 의무병 살인 사건.

처음에는 군에서 철저하게 은폐하다가 나중에야 진실이 드러났던 사건이다.

군대에서 현장검증을 할 때 윤 일병의 장례식 날짜로 잡아서 참관을 막은 데다, 부검 결과 갈비뼈 열네 개가 손상되고 장기가 죄다 파열되어 있는 등 명백하게 폭행으로 사망했다고 밝혀졌는데도 군에서는 '음식물이 기도를 막아서 기도 폐색으로 사망한 사고다.'라고 발표하기까지 했다.

심지어 윤 일병을 죽인 살인범들을 풀어 주기 위해 '갈비뼈의 손상은 폭행이 아니라 심폐소생술로 윤 일병을 살리기 위해 노력하다 발생한 상해다.'라고 주장하기도 했다.

심지어 범인들조차도 살인을 인정하는 상황에서 그렇게 발표한 것이다.

심지어 이의를 제기하거나 의문을 가지는 사람은 명예훼손으로 고소하겠다는 협박까지 했다.

그게 단순 부대장이 아닌 국방부의 공식 발표였다.

말 그대로 군대는 그들을 풀어 주기 위해 증거를 조작하고 사건을 축소하는 등 별짓을 다 했다는 뜻이다.

그리고 윤 일병 사후에는 국가유공자 자격이 있음에도 불구하고 국방부에서는 이를 인정하지 않는 치졸함까지 보였다.

물론 그 과정에서 군 장교가 대놓고 증거를 조작하고 공문서를 위조하는 것도 빠지지 않았다.

심지어 사건에서 조사를 방해하고 증거를 조작하거나 증거를 폐기한 모든 장교들은 무죄로 풀려났다.

"하긴, 그놈들을 위해 국방부가 그 난리를 쳤다고 보기는 힘들지."

살인범들과 그걸 방관한 장교를 보호하기 위해 국방부가 그렇게 나서서 증거를 조작하고 협박했을까?

아니다. 절대 그랬을 리가 없다.

살인범들과 방관한 장교에게는 그만한 백이 없다.

"국방부 입장에서는 자기들의 최고 존엄인 장군님들이 다칠까 봐 눈깔이 돌아간 거죠."

"최고 존엄이라……."

노형진의 말에 김성식이 피식 웃었다.

최고 존엄은 북한에서 김정은을 지칭할 때 쓰는 말이다.

노형진이 그 말을 쓰는 이유는 간단하다. 군대 내부에서는 장군들이 김정은과 다를 바 없으니까.

범죄를 저질러도, 무슨 짓을 해도, 군대라는 조직은 장군들을 보호하려고 무슨 짓이라도 한다. 북한과 하등 다를 바

없는 게 그들의 행동 패턴이다.

"현재 대한민국의 군대가 딱 그 꼴 아닙니까? 뭐, 나아질 가능성은 없고요."

"그건 이해가 가네."

그렇다면 이 사건 이후로 군대가 나아졌을까?

아니다. 그 사건 이후에 국방부는 새로운 제도를 만들려고 시도했는데, 군 내부에서 사망자가 발생한 경우 군대에서 마음대로 화장할 수 있도록 법을 고치려고 했었다.

즉, 아예 시신을 불태워서 부검조차도 못 하게 하려고 했던 것이다.

그리고 그 당시 해당 사건을 신고했던 김 상병이라는 병사는 도리어 다른 부대로 전출돼서 '동기를 잡아먹은 놈', '배신자' 등의 말을 들으며 기수 열외를 당했다고 한다.

그렇게 군 내부에서는 철저하게 사건을 은폐하고 내부 고발자를 죽이려고 몸부림쳤다.

아마 김 상병이 아니었다면 살인마들은 처벌은커녕 반대로 질식사하는 동료를 구하기 위해 노력했다고 상장이라도 받았을지도 모른다.

더군다나 그 사건은 2014년도에 벌어진 것이다. 과연 20년 전 사건이 그보다 덜할까?

"그러면 군의 부검 기록은 조작되었다고 봐야겠군."

"네."

문제는 그 이후다. 여전히 냉동실에 소미한의 시신이 있지만, 이제 와 다시 부검한다고 해도 공식적으로 인정해 줄 곳은 없다.

　부검의 자격을 가진 사람은 한정되어 있고, 사건은 많고, 설사 외부의 의사를 초빙해서 부검한다고 한들 공식적으로 인정되지는 않기 때문이다.

　"군 내부에서 끝난 사건인 만큼 아마 경찰에서도 안 해 줄 겁니다."

　군 외부의 사람은 억울하다고 주장하는 것 말고는 무엇도 할 수가 없는 상황.

　"일단 그럼 재부검을 신청해 봐야겠군."

　"그래야 할 겁니다. 하지만 허락할지는…… 글쎄요."

　노형진의 말에 김성식은 당연하다는 듯 말했다.

　"안 해 주겠지. 군대니까."

　그의 얼굴에도 쓴웃음이 떠올라 있었다.

⚖

　얼마 후 노형진은 재부검을 신청했다.

　그리고 부검할 때 이쪽에서 부검의 한 명을 동석시킬 것을 요구했다.

　사실 진짜 사고로 인한 익사라면 당연히 받아들여 줘야 한다. 그래야 그 기록을 바탕으로 역으로 소춘모를 설득해서 장례를 치를 수 있으니까.

시신이 없는 것도 아니고, 재부검과 관련해서 비용도 이쪽에서 낸다고 했으니까.

하지만 얼마 후 날아온 국방부의 결정은 역시나였다.

"재부검 불허라……."

재부검 불허 결정이 떨어졌다.

노형진은 그걸 보고 혀를 끌끌 찼다. 예상대로였다.

"확실히 시신에 걸리는 게 있기는 한가 보군."

그렇지 않다면 다른 사람이 동석하는 상황에서의 부검을 거부할 이유가 없다.

사실 거기까지는 노형진도 익히 예상했다.

하지만 이다음 방식은 노형진도 예상하지 못한 것이었다.

"이 새끼들 봐라?"

5억 5천만 원의 영안실 사용료 청구 소송.

지금까지 소미한 씨의 시신이 영안실에 있었다 보니 사용료가 발생하지 않을 수가 없다.

당연하게도 일반적으로 사건이 길어질수록 비용도 늘어난다.

그리고 비용은 청구하지 않았을 뿐이니 사라지지 않는다.

"이거 고전적인 수법이지요?"

"그렇지. 상대방을 압박하기에는 이것만큼 좋은 게 없으니까."

    의문사가 발생하는 경우 피해자 측의 유가족은 돈을 요구하기보다는 진실을 밝히고 싶어 한다.

    하지만 상대방은 진실을 밝히고 싶어 하지 않는다.

    그렇다면 방법이 뭘까?

    그건 최대한 시간을 끌면서 이 영안실 사용료를 쌓아 두는 것이다.

    시간이 길어질수록 쌓이는 돈은 많아진다.

    그만큼 부모의 죄책감도 더욱 커져만 간다.

    그리고 어느 정도 사용료가 쌓이면 본격적으로 돈을 내놓으라고 압박한다.

    사망 사유와는 별개로 영안실 사용료는 법에서 정해진 비용이고 당연히 지불해야 한다.

    즉, 가만히 버티고만 있어도 심리적 압박과 정신적 압박이 같이 들어가는 거다.

    "그리고 비용 문제도 그걸로 해결할 수 있죠."

    나중에 조사해서 그나마 진실이 드러난다면?

    합의금이나 손해배상에서 해당 금액을 제외하고 주면 된다.

    하지만 병원에서는 손해 볼 일이 없다.

    왜냐, 어차피 영안실은 계속 운영되어야 하기에 절대로 전원을 내릴 수 없는 공간이니까.

    그러니 진실이 알려지지 않는 경우는 피해자에게 돈을 받아 내서 몰락시킬 수 있고, 반대로 진실이 알려져도 자신들의 피해는 전혀 없이 영안실 사용료로 퉁치고 사건을 끝낼 수 있다.

이러한 방식은 병원이나 군대에서 의문사를 당한 사람들에게 쓰이는 것으로, 아직까지는 확실히 먹히고 있다.

물론 언론은 절대 이러한 이야기를 하지 않는다.

"그런데 그동안은 조용히 있지 않았나?"

"그렇지요."

그렇다고 해서 그들이 아무 때나 그런 카드를 꺼내는 건 아니다.

그랬다가는 진짜로 언론이 불타오를 테니까.

그들이 그 카드를 꺼내는 건 보통 상대방을 압박해야 할 때다.

소송전에 들어간다거나 걸리는 게 있다거나 하는 식으로 말이다.

"아직 소송으로 들어간 게 없는데 말이지요."

소송으로 가고 싶다고 해도 방법이 없다.

군 내부의 의문사인 만큼 군 재판부는 철저하게 군대 편을 들 테고, 그걸 뒤집기 위해서는 어떻게 해서든 상대방이 부정할 수 없는 증거를 내밀어야 하니까.

그래서 아직 소송전은 시작도 안 했다.

그런데 이런 식으로 압박을 한다라……

"아마 우리가 모르는 뭔가가 더 있나 보군요."

노형진이 말하자 김성식도 그런 국방부의 행동을 보고 확신한 듯 고개를 끄덕거렸다.

하지만 그렇다고 해서 문제가 완전히 해결된 건 아니었다.

"문제는 이게 어디까지 올라가느냐겠군."

"그럴 겁니다."

20년 전의 사건이다. 그리고 그 정도 시간이면 위관급은 영관급이 되고, 영관급은 별을 달고 장성이 되었을 것이다.

"그렇다고 20년 전에 고작 위관 계급을 보호하기 위해 사건을 은폐했을 리는 없고요."

그 말은 그 당시의 관련자가 최소한 영관급이었다는 소리다.

"소미한 양의 외모를 생각한다면 그 당시에 아마 장군급의 보좌관이 되었을 텐데."

"흠......"

그렇디면 지금은 최소한 4성 장군은 되었을 거라는 소리다. 왜냐하면 군은 각 계급별로 일정 기간 승진하지 못하면 방출하니까.

"현 4성군이라고 해 봐야 뻔한데."

"현직이 아닐 가능성도 있지요."

"무슨 말인가?"

"군 내부에 피바람이 한번 불지 않았습니까?"

"그렇지."

홍안수의 친위 쿠데타 이후에 군 내부에서는 피바람이 불었다. 조금이라도 정치적 선을 타고 욕심이 과하다 싶은 사람들은 모조리 쳐 냈기 때문이다.

그리고 군 내부에 있는 병사들에게 핸드폰을 쥐여 줬다.

원래 역사에서는 좀 더 기다려야 했지만, 친위 쿠데타 이후로 정보의 폐쇄가 장성이나 장교에게 얼마나 유리하게 이용되는지 알고는 그렇게 바꾼 것이다.

그 당시 동원된 부대원들은 쿠데타 세력이 서울을 노리고 있어서 방어 작전에 돌입한 것으로 알고 있었다.

그도 그럴 것이 그 당시에는 소위 말하는 싸지방, 즉 사이버 지식방이 유일한 인터넷 접촉 수단이었는데 부대에서 그걸 끊어 버리자 정보를 접할 방법이 전혀 없었기 때문이다.

그래서 그 사실에 착안한 대룡이 노형진의 조언을 받아서 군대에서 가장 예민하게 생각하는 위치 추적과 사진 등의 기능을 원천 봉쇄한 신형 핸드폰을 만들어 공급했고, 그 과정에서 짭짤하게 수익을 올렸다.

이렇듯 그 당시에 조금이라도 가능성이 있는 위험 분자들은 모조리 쳐 냈다.

그 결과, 군 장성급의 나이가 대폭 젊어지고 말았다.

"그리고 그 당시에 쳐 낸 인간들이 어떻게 되었는지 기억하시죠?"

"아, 그렇군. 그들이 현직에서 멀어져서 유유자적 살아갔다면 일이 이 지경이 안 되겠군."

물론 군대라는 조직 자체가 극단적으로 폐쇄적이고 또 기괴하게 굴러가기는 하지만, 그렇다고 해서 없는 인간을 위해 이렇게 극단적으로 반응할 이유는 없다.

"생각을 정리해 보면 상황은 더 단순해지지요."

20년 전 사건 그리고 그 사건에 대해 재부검을 요청한 노형진.

"만일 단순히 인수인계만 받은 사람이라면 그냥 허가하면 됩니다. 그들이 제 이름을 모르지는 않을 테니까요."

군대에 소속되어 있는 사람들에게 노형진이라는 이름은 악몽이요 악마의 대명사나 마찬가지다.

제대자들의 내부 고발 시스템을 만든 게 노형진이며, 장교들의 군수물자 절취 행위나 군사 비리를 단순 비리 범죄가 아니라 사보타주로 고발한 게 노형진이고, 종국에는 친위 쿠데타를 빅살 낸 것도 노형진이니까.

"하긴, 이런 사건의 담당자들이 노형진 자네의 이름을 모를 리가 없지."

"그런데 왜 그걸 막을까요?"

"음……."

고민하던 김성식은 간단한 결론을 도출했다.

"사건에 대해 계속 보고를 하고 명령을 받고 있다는 소리군."

"맞습니다."

노형진의 이름을 알고 노형진의 존재를 알고 있는 일반 장교들이 굳이 20년 전 싸움을 막으려고 할 리가 없다는 소리다.

"설사 20년 전 장성이 관련된 사건이라고 해도 지금은 퇴역해서 이제 인생의 끝을 즐기고 있을 나이 아닙니까?"

장군급이 퇴역하면 돈이 없다는 소리는 절대 못 한다.

매년 어마어마한 금액의 연금이 나오고, 20년 전이라고 하면 군대에서 그냥 대놓고 횡령을 하거나 뇌물을 받아 처먹어도 누구도 뭐라고 하지 못하던 시대였다.

한국에서 제일 비싼 요양원에 들어갔더니 거기에 제일 많은 사람들이 장군 출신이었다는 이야기가 있을 정도다.

그렇게 유유자적하게 노년을 즐기고 있을 노인네들이 지금의 군대에 어떤 영향력이 있겠는가?

물론 아예 인맥 자체가 없는 것은 아니겠으나, 그렇다고 해서 노형진이라는 적과 싸우게 몰아붙일 정도는 아닐 것이다.

"그 말은, 지금도 군대에 압력을 행사할 수 있는 사람이 관련되어 있다는 거군."

"맞습니다. 그러면 가능성은 확 줄어듭니다."

20년 전 최소한 장군급.

그리고 현재까지 군 내부에 강력한 힘을 발휘하고 해당 사건을 지속적으로 보고받을 수 있는 위치.

특히 두 번째 조건이 까다로운데, 인맥으로 전화 같은 걸 통해 부탁을 하거나 압력을 행사하는 건 은퇴한 장성도 가능하겠지만 지속적으로 보고받는 건 전혀 다른 문제다.

"권력을 쥔 장성 출신이라……."

거기까지 생각이 닿자 결론은 생각보다 쉽게 나왔다.

"국회의원 중 한 명이겠군."

국회의원들 중에는 생각보다 장성 출신이 많다.

그리고 그들은 여전히 국방부에 강력한 힘을 발휘한다.

'당연한 거지.'

장성들이 뭔가 해 처먹는 방식을 그들이 가장 잘 알 테니까.

그리고 엄밀하게 말하면 국방부는 국회의 피감 기관이다.

즉, 국회에서 감사 등을 통해 털어 내려고 하면 장성들이나 국방부 관련 쪽 인간들의 모가지가 날아가지 않을 수가 없다는 소리다.

국회의원들이 피감 기관과 붙어먹고 돈 처먹는 거야 하루 이틀 문제도 아니고 말이다.

"하긴, 피감 기관이 국회의원에게 설설 기는 건 뭐 당연한 일이지."

김성식은 대충 상황이 이해가 간다는 듯 고개를 끄덕거렸다.

"아무래도 그쪽을 찾아봐야겠군."

"네. 그 당시에 군사령부에 있던 장군 출신 국회의원을 찾아보면 대충 답은 나오겠군요."

노형진은 그들이 모르는 방향에서 치고 들어갈 생각이었다.

역시 그 사람을 특정하는 건 어렵지 않았다.

일단 국회의원들은 자신들의 약력을 자랑스럽게 공개하고 다니니까.

특히 장군 출신들은 자신의 약력을 슬쩍 애국으로 포장하곤 한다.

물론 그들이 군에서 일했다는 게 그들의 애국을 증명하는 건 아니지만.

"심대유 의원이라……."

3선 국회의원 심대유. 그는 3성 장군 출신으로 군수지원사령부를 담당했던 사람이다.

"4성은 못 달고 예편했네."

"뭐, 이해는 갑니다. 4성이 쉬운 건 아니죠."

사실 그가 4성을 못 달았다고 해서 이상하게 생각할 건 아니다.

"기록을 보면 그 당시에 소미한과 같은 부대에 근무하던 유일한 국회의원이네."

사건 당시에 그는 군수지원사령부에서 2성인 소장으로 근무하다가, 나중에는 3성 중장으로 근무한 후 예편한 것으로 되어 있었다.

"돈은 엄청나게 많겠네요."

"그렇지. 엄청나게 많지. 아마 재산이 몇백억은 될 걸세."

"그러면 대충 각은 나오는군요. 군인공제회와의 커넥션이 엄청나게 굳건할 테고."

대한민국의 군사 비리, 특히 군수물자의 질적 하락의 원인을 뽑으라고 한다면 1순위는 무조건 군인공제회다.

쉽게 말해서 악의 축 같은 조직이 바로 군인공제회다.

공식적으로 군인공제회는 제대 군인들의 복지를 위해 만들어진 사설 단체이지만, 현실적으로는 장군님들께서 은퇴한 후 군대에 압력을 넣어 크게 한탕 하기 위한 합법적인 범죄 조직일 뿐이다.

사람들이 치를 떠는 대부분의 군수품은 군인공제회를 통해 제공된다.

과거에 유명했던 게 바로 군화다.

더럽게 비싸고 더럽게 무거우며 엄청나게 불편했던 군화.

나중에는 민간 기업이 입찰해서 등산화처럼 싸고 튼튼하고 질 좋은 게 공급되었지만, 정작 군인공제회에서는 반성은 커녕 로비를 통해 다시 과거의 질 낮은 군화를 납품하려고 시도하다가 걸리기까지 했다.

과거에 유료 사이버 지식방도 군인공제회에서 운영했으며 유료 세탁도 그들이 운영했다.

그리고 사람들이 잘 모르는데, 군인공제회는 해외에 페이퍼 컴퍼니를 두고 한국에 투자하는 대표적인 검은 머리 외국인 집단이라는 거다. 당연히 그 과정에서 어마어마한 탈세가 이루어진다.

더 웃긴 건, 그들이 뭔 짓을 해도 국가에서 법적으로 피해를 보상해 준다는 것이다.

가령 그들이 어디에 투자했다가 전 재산을 다 날려 먹으면 국가에서 해당 피해를 보상해 주도록 법적으로 정해져 있다.

"군인공제회의 주요 수익이 군대니까요."

주요 수익이 군대라면 그 안에서 군수 출신 장교는 강력한 힘을 발휘할 수밖에 없다.

일반 영관급도 그럴진대, 하물며 군수지원사령관 출신은 전화 한 통으로 군납 업체를 바꿀 수 있기 때문에 어마어마한 돈을 긁어모을 수 있다.

"흠, 그러면 심대유 의원의 힘이 군대에 대해서는 절대적이라고 볼 수 있겠군."

"그럴 겁니다."

심대유는 군수지원사령관 출신이고 군수지원을 컨트롤할 위치에 있으며 국회의원으로서 피감 기관인 국방부를 감시할 수 있는 권한이 있다.

"심지어 소속이 국방위원회니까."

즉, 작정하고 털면 현 4성 장군인 대장도 모가지를 날려 버릴 수 있는 위치에 있는 게 바로 심대유라는 소리다.

"하지만 무슨 짓을 했는지가 관건이야. 솔직히 모르겠네.

소미한이 심대유 의원 아래에서 일했으리라는 건 추측할 수 있네만, 그렇다고 해서 그게 자살과 무슨 관련이 있는지."

"누차 말씀드리지만 자살이 아닐 겁니다. 진짜 자살이라면 부검을 방해할 이유가 없어요."

"그렇다고 해서 심대유 의원이 죽었다고 볼 수는 없지 않나?"

사실 그럴 수도 없다.

심대유는 그 당시 2성 장군이었고, 아직 확인 전이지만 소미한이 죽을 당시 부대에서 근무 중이었을 가능성이 크다.

애초에 소미한이 타고 있던 차량은 다리 아래로 떨어졌고 그 때문에 소미한은 사망했다.

만일 심대유 의원이 그 당시 같은 차량에 타고 있었다면 아마 멀쩡하기는 힘들었을 것이다.

일단 심대유도 다쳤으리라는 건 둘째 치고, 소장이면 국가에서 지급하는 차량과 운전병이 있는데 보좌관으로 일하는 젊은 여성의 차량에 같이 타고 있었다는 것 자체가 여러모로 복잡해질 수밖에 없는 상황이니까.

"그러니까 일단 심 의원을 한번 추궁해 보겠습니다."

만일 심대유가 이번 사건과 관련되어 있다면 그리고 그가 압력을 행사한 게 맞다면, 그는 노형진이 찾아가는 것만으로도 상당한 부담을 느낄 가능성이 크다.

"쉽게 흔들릴까? 이미 그는 정치꾼이야. 쉽게 본색을 드러내지는 않을 걸세."

김성식의 말에 노형진은 씩 웃었다.

"누구나 그렇지요."

하지만 그 누구도 노형진의 능력을 이겨 내지는 못했다.

"얼마 가지 않을 겁니다, 후후후."

⚖

노형진은 얼마 후 심대유를 찾아갔다.

그리고 심대유는 능숙한 정치인답게 느긋한 얼굴로 노형진의 방문을 환영했다.

"그래, 나를 만나고 싶다고 했다고?"

"그렇습니다."

"무슨 일인가?"

"사실은 심 의원님께서 군수사령부에 재직하던 당시에 사망한 소미한 씨에 대해 조사를 좀 하고 있습니다. 부모님에게 의뢰를 받아서요."

"아, 그래?"

"네, 그 당시 사건에 대해 알고 계신 게 있나 해서요."

"뭐, 어렴풋이 기억은 좀 나는군. 소미한 양이 자살했다 했지."

"부관으로 알고 있었는데, 아니었습니까?"

노형진이 갑자기 훅 치고 들어가자 심대유의 눈빛이 살짝

살벌해졌지만 이내 그 기색은 사라졌다.

　그러나 이미 노형진은 그 눈빛을 본 후였다.

　'역시 노회한 늙은이답네.'

　그 꼴을 보면서 노형진은 속으로 쓴웃음을 지었다.

　"맞아, 내 부관이었지."

　노형진이라면 결국 알아낼 거라 생각했던 것일까? 그는
순순히 소미한이 그의 부관이었다는 사실을 인정했다.

　"혹시 그 당시에 뭔가 힘든 일이 있지 않았나 해서요."

　"뭐, 남자 친구랑 헤어져서 힘들어했다고 기억하네만. 그
당시에 내가 듣기로는 그랬네."

　'지랄하네. 그게 어렴풋이 기억하는 거냐?'

　실제로도 그 당시에 주변에서는 소미한이 남자 친구와 헤
어져서 힘들어한다는 증언이 나왔다. 그리고 그게 국방부에
서 자살했다고 판단한 가장 강력한 심적 증거가 되었다.

　'문제는 그 남자 친구를 봤다는 사람이 없다는 거지.'

　남자 친구와 헤어져서 힘들어했다는 증언은 여기저기 넘
치는데 정작 그 남자 친구는 흔적을 찾을 수가 없었다.

　부모님인 소춘모 역시 남자 친구 이야기는 금시초문이라
고 했고 전화상의 기록조차도 없었다.

　하지만 군 조사 팀은 주변의 증언을 그대로 인정했다.

　"그러면 그 당시에 다른 건 없었습니까? 누군가 군 내부에
서 부당하게 괴롭혔다든가."

노형진이 그렇게 말하면서 빤히 바라보자 심대유는 불편한 듯한 얼굴이 되었다.

"설마 내가 성추행이나 강간이라도 했다고 생각하는 건가?"

"모르죠."

모를 일이다.

실제로 군 내부에서는 고위 장교에 의한 강간이 아주 흔하게 벌어지는 편이다. 그리고 그걸 아주 체계적으로 은폐한다.

당장 중령급이 여군 중위를 강간한 사건으로 군대에서 고통받은 사람은 중령이 아니라 그 여군 중위였다.

그녀는 내부에서 배신자 취급을 받았으며, 심지어 동료 여군에게도 꽃뱀 취급을 받았다.

'군 내부에서 드러나지 않은 진실이 얼마나 더러운지는 나도 알지.'

군 내부는 성범죄 피해자가 철저하게 고립되어서 지원받지 못하는 구조로 되어 있다.

여성뿐만 아니라 남성도 마찬가지.

성범죄가 발생하는 경우 상관에게 보고하고 해결해야 하지만 상관은 입 닥치고 있으라고 윽박지르는 게 태반이다.

도리어 피해자에게 무고한 죄를 뒤집어씌우고, 관련된 사실을 증언하려고 하는 사람이 있으면 군 생활 편하게 하려면 입 닥치고 있으라고 상부에서 협박한다.

그마저도 안 되면 증언을 해야 하는 날 다른 곳으로 보내

버린다든가 멀리 발령을 보내서, 증언조차 못 하게 방해하곤 한다.

"그런 일은 없네."

불쾌한 얼굴로 단호하게 말하는 심대유 의원.

"나 하늘에 맹세코 한 점 부끄러움 없는 사람이야."

'그런 것치고는 재산이 어마무시하던데?'

득히 군 지원사령부 참모가 되고부터는 폭발적으로 재산이 늘기 시작했다.

'문제는 그걸 증명할 방법이 없다는 거지.'

현대에도 성범죄는 입증이 곤란한 범죄 중 하나다. 특히나 성추행 등은 더더욱 그렇다.

그렇다 보니 경찰에서는 증거 법정주의도 무시하기 때문에 이 난리 아닌가?

그런데 20년 전 벌어진 성추행을 증명하라? 그건 불가능하다.

"그리고 말이야, 설사 내가 성추행을 해서 중위가 자살했다고 해도 자네가 조사할 이유가 없지. 그래도 자살은 자살이니까. 안 그래?"

'빙고.'

노형진은 그 말을 듣고 속으로 비웃음을 날렸다.

'역시 자살이 아니었어.'

만일 자살이었다면 저런 말을 하면서 자신의 성추행 가능성에 대해 논하지는 않을 것이다.

　하지만 성추행 가능성을 언급하면서 자살이라고 말하는 건, 내면 어딘가에서 자살이라고 인정받기를 강렬하게 원하고 있기 때문이다.

　"그러니까 성추행은 없었다 이거군요."

　"그래, 그런 건 없었네."

　"알겠습니다."

　노형진은 그렇게 말하면서 심대유를 바라보았다.

　'어떻게, 기억을 읽을 수 있는 틈이 좀 있으면 좋겠는데.'

　하지만 심대유는 느긋하게 소파에 기대서 노형진을 바라볼 뿐이다. 노형진이 그에게 다가가거나 그의 신체를 잡을 수는 없는 자세였다.

　'흠…… 어쩐다.'

　그렇다고 손님인 자신이 잠깐 나가 달라고 할 수도 없는 노릇.

　'어쩌지?'

　노형진이 고민하는 그때, 문이 살짝 열리면서 보좌관이 얼굴을 들이밀었다.

　그러고는 심대유에게 조심스럽게 입을 열었다.

　"의원님, 지금 사모님께 전화가 왔습니다."

　"뭐?"

　"지금 바로 연락을 달라고……."

"아니, 씨발. 이 여편네가. 또 뭔 지랄이야?"

'여편네?'

노형진은 그의 발언을 듣고 속으로 뭔가 이상하다는 생각을 했다.

그럴 수밖에 없는 게, 눈앞에 그라는 존재가 있기 때문이다.

부부 사이가 안 좋은 사람이야 얼마든지 있을 수 있다.

그건 딱히 비밀도 아니다.

하지만 그렇다고 해서 낯선 사람, 그것도 어떻게 보면 적대적인 사람 앞에서 부인을 함부로 여편네라고 낮잡아 칭하는 사람은 없다.

그 자체가 하나의 약점이 되니까.

"미안한데 이만 가 주게. 아내랑 통화해야 해서."

"네, 알겠습니다. 뭐 그러시다면야. 나중에 다시 연락드리지요."

노형진은 심대유 의원을 두고 나오다가 힐끔 보좌관을 바라보았다.

그러고는 슬쩍 웃으며 말했다.

"요즘 들어서 엄청 예민하시네요."

보좌관은 크흠 하고 헛기침을 했다.

"네, 뭐. 좀……. 최근에 예민해지신 편이지요."

'뭐, 당연한 건가?'

20년 전 사건을 노형진이 파고들고 있으니 불편하지 않을 리가 없다.

하지만 노형진은 단순히 그것 때문에 보좌관에게 질문을 던진 게 아니었다.

"아니, 그런데 왜 사모님은 그런 것도 모르시고 자꾸 일을 키우시는 건지."

"후우, 저도 모르겠습니다, 정말."

노형진과 심대유가 안에서 무슨 대화를 나눴는지 모르는 보과관은 평소에 왕래가 있다고 생각한 건지 그냥 한숨으로 대답했다.

하지만 노형진은 그 짧은 대화에서 실로 많은 정보를 얻을 수 있었다.

'최근에 사모님께서 자주 저런다 이거지.'

그 말은 사모님이 예민해졌다는 것이다.

'확인해 볼 가치가 있겠어.'

노형진의 머릿속이 팽팽 돌아갔다.

⚖️

"심대유 의원의 와이프? 박강자 말인가?"

"네. 혹시 아시는 게 있습니까?"

심대유의 집 근처에서 노형진은 김성식과 함께 박강자를 기다리고 있었다.

김성식은 아무래도 상대방이 힘이 있는 국회의원인 만큼 인사라는 형태로 접근하는 게 맞다면서 노형진을 도와주겠다고 함께 여기까지 왔다.

"뭐, 정보 정도는 알지. 군인의 와이프이자 동시에 군인의 딸이야."

"군인의 딸요?"

"그래. 아버지가 3성 중장을 하고 예편하셨네."

군인의 딸이 군인을 만나서 결혼하는 건 흔한 일이다. 그러니 특이할 것은 없다.

더군다나 3성 중장이 허락할 정도면 그만큼 사윗감이 군인으로서 싹수가 보인다는 의미였을 것이다.

"그런데 그게 왜? 문제라도 있나?"

"아니요. 그게 아니라 궁금해서요."

분명 심대유의 모습을 보면 그다지 사이가 좋지 않은 듯했다.

"흠, 나는 잘 모르네만. 서류상의 기록만 알지."

"그야 그러시겠죠."

노형진이 심대유의 아내인 박강자에 대해 중요하게 생각하는 건 바로 심대유와 보좌관의 행동 때문이었다.

심대유는 그가 있음에도 불구하고 공공연하게 와이프에게 분노를 드러냈다.

그리고 보좌관의 말에 따르면 최근 들어서 사이가 틀어지기 시작했다고 했다.

'최근 들어서라는 말이지.'

그 말은 자신들이 소미한의 사건 조사를 시작한 시점과 동일하다는 의미다.

물론 그 사건과 두 사람의 관계가 틀어진 이유가 관련이 있다는 것은 억측이라고 할 수도 있다.

하지만 만일 문제가 있고 그게 터지는 게 부담이 되는 상황이라면, 당연히 둘 사이에 문제가 생길 수밖에 없다.

'다만 이해가 안 가는 건, 박강자가 왜 사건에 끼어드는 건지 모르겠다는 거지.'

박강자는 군인이 아니라 군인의 아내일 뿐이다. 그런데 그녀가 군대에서의 사건과 무슨 관련이 있단 말인가?

'하지만 그렇다고 해서 완전히 무시할 수도 없고.'

군대에서 결혼한 장교들을 겪어 본 사람들은 알지만, 장교의 아내들은 병사들을 똑같이 노예 취급하는 경향이 있다.

엄밀하게 말하면 그들은 민간인이고 군인에 대해 명령권 같은 건 없다.

하지만 군대에서 장교의 아내에게 규정대로 했다가는 어마어마한 후폭풍과 보복이 돌아오기 때문에 대부분의 병사들과 하급 장교들은 그들의 명령에 따를 수밖에 없다.

'하물며 장군급이라면 더더욱 그렇지.'

군대의 불문율.

남편이 장군이면 자신도 장군이고 남편이 소령이면 자신

도 소령이다.

나이? 그런 건 의미가 없다.

가령 중장과 결혼한 30대 여성과 소장과 결혼한 40대 여성이 있다고 치자.

그 둘이 만나면 어떻게 될까?

존중? 배려? 그딴 건 없다.

30대 여성이 40대 여성에게 '야.', '너.' 따위의 말을 해도 누구도 말리지 못한다.

이유는 간단하다. 그녀의 남편이 계급이 더 높으니까.

'그런 면에서 보면 분명 접점이 있었을 거야.'

설사 그게 아니라고 해도 아는 게 있을지도 모른다.

그 당시에도 박강자와 심대유는 같이 살고 있으니까.

"어, 저기 나오는군."

화려한 모피 코트를 걸친 늙은 여자가 집에서 나오는 걸 보고 노형진은 입맛을 다셨다.

"모피 코트라니. 아니, 요즘 누가 저런 걸 입어요?"

"그러게."

모피 코트. 한 시대 전에는 분명 부의 상징이었고 또 지금도 어지간한 사람은 사지 못할 정도로 비싼 가격을 자랑하는 옷이기는 하다.

하지만 시대가 바뀌었는데 저런 풍성하고 구닥다리 디자인의 모피 코트를 입는 사람은 드물다.

물론 모피 코트가 안 나오는 것은 아니지만 날렵한 디자인이 인기가 있지, 저렇게 몸집이 두 배는 되어 보이는 디자인은 요즘 거의 안 팔린다.

그리고 사실 어지간한 롱 패딩이 훨씬 더 따뜻하다.

"뭐, 우리랑 상관있나."

"하긴, 그도 그러네요."

노형진은 운전석에서 내리면서 말했다.

"가 보죠."

"그래. 하지만 딱히 정보를 줄 것 같지는 않은데."

"뭐, 시도라도 해 봐야지요."

노형진은 박강자를 보면서 중얼거렸다.

그러고는 어디론가 가려고 하는 그녀에게 다가가서 90도로 고개를 푹 숙였다.

"안녕하십니까, 여사님."

"누구……."

"법무 법인 새론의 이사인 노형진이라고 합니다. 여기 이분은 법무 법인 새론의 대표인 김성식 변호사님입니다."

"새론?"

"그렇습니다. 여사님과 심 의원님께 인사차 방문드렸습니다."

"인사차라니……? 아아아, 무슨 소리인지 알겠네요."

3선 의원에, 군수 부분에 절대적인 힘을 발휘하는 자신의 남편. 그런 남편에게 줄을 대려고 하는 사람들은 넘쳐 난다.

하지만 그게 쉬운 게 아니다.

일단 만나서 이야기를 주고받는 것도 쉬운 게 아니거니와, 만나서 이야기한다고 한들 뭔가를 청탁하는 건 더 어려운 일이니까.

그리고 요즘은 시대가 바뀌어서 아무래도 만나서 대놓고 청탁하기는 쉬운 일이 아니다.

하지만 세상이 변했다고 해서 인간의 욕심이 사라지는 건 아니다.

"미안해서 어쩌죠? 지금 남편은 일을 하고 있을 시간이라……."

당연하다. 오후 2시에 집에 늘어져 있으면 그건 국회의원이 아니라 백수라는 소리니까.

"알고 있습니다. 그냥 인사차 들렀습니다."

"나한테요?"

"네. 사모님이 나무를 좋아하신다고 해서. 사실 저희가 적당한 나무를 하나 드리고 싶은데 취향을 몰라서 여쭈어볼까 하고 찾아뵈었습니다."

노형진이 싱글벙글 웃으며 말하자 말뜻을 바로 알아들은 박강자의 얼굴에 미소가 떠올랐다.

화분을 통해 뇌물을 주는 건 아주 고전적인 방법이다.

일단 이쪽에서 안쪽에 돈을 쌓고 그 위를 흙으로 덮은 화분을 준비한다. 그리고 받는 쪽에서 명함을 가지고 가서 그걸 수령하거나 배달시킨다.

그러면 받은 흔적은 없는데 돈은 전달된다.

심대유 급의 의원이라면 그런 짓거리를 족히 수백 번은 했을 테니 그에 대해 모르지는 않을 것이다.

"저희가 주문해 놨으니 가서 가지고 오시기만 하면 됩니다."

"고맙네요, 내 취향도 생각해 줘서. 내가 가서 가지고 오도록 할게요. 명함 있으면 하나 주시겠어요?"

아주 당연하다는 듯 화분이 있는 곳의 명함을 달라고 하는 박강자.

노형진은 품에서 그 명함을 꺼내 들었다.

사실 노형진이 박강자에게 거짓말을 한 건 아니다.

실제로 화분을 주문해 놨으니 명함을 가지고 가면 진짜 화분을 받을 수 있다.

'다만 진짜 화분이라서 그렇지.'

돈이 들어 있지 않은 진짜 화분.

그러니까 노형진은 거짓말하는 게 아니다.

노형진이 명함을 두 손으로 공손히 올려 내밀자 박강자는 아주 당연하다는 듯 그걸 받으려고 한 손을 내밀었다.

그리고 노형진은 바로 그 순간을 기다리고 있었다.

"그런데 사모님."

노형진은 막 명함을 집으려고 하던 박강자의 손을 양손으로 꽉 잡았다.

"왜 이래요?"

기분 나쁘다는 투로 말하는 박강자.

하지만 곧 그녀는 남편과 다르게 상당히 당황할 수밖에 없었다.

"혹시 소미한이라는 이름 아십니까?"

"누구요?"

"소미한 말입니다. 심대유 의원님께서 군대에 있을 때 보좌관으로 근무했던 분입니다. 말로는 살해당했다고 하던데……."

"살인이라니요!"

발악적으로 소리를 지르면서 손을 털어 내려고 하는 박강자. 하지만 노형진은 그 손을 더 꽉 잡았다.

'확실히 뭔가 아는군. 그것도 제법 상세하게.'

노형진이 그렇게 확신할 수 있는 건 그녀가 어떻게 해서든 도망가려고 했기 때문이다.

"모르시나요? 심 의원님께서는 사모님에게 여쭤보라고 하던데."

"몰라요! 이거 놔요! 이거 놔! 이거 놓으란 말이야!"

발악적으로 소리를 지르며 몸을 밀치는 박강자.

그녀는 다급하게 손을 떨쳐 내고는 뒤로 주춤주춤 물러났다.

그러고는 부들부들 떨면서 노형진과 김성식에게 삿대질을 했다.

"이 개 같은 놈들! 내가 남편한테 말해서 죽여 버릴 거야! 죽여 버릴 거라고!"

"네. 뭐, 그렇게 하세요."

"뭐?"

"그렇게 하시라고요. 끝까지 가 볼 테니까. 아, 물론 이건
당신 남편이 이번 사건을 버텨 냈을 때의 이야기고. 당신이
그 이야기를 하면 당신 남편이 어떻게 행동할지 모르겠네.
질질 끌려다니는 건 그쪽도 사양일 텐데."

그 말에 박강자의 얼굴은 점점 굳어졌다.

"두고 봐……. 두고 보라고!"

그녀는 그렇게 말하면서 다급하게 도로 집으로 들어갔다.

"모피 코트까지 입으신 걸 보니까 무슨 약속이 있었던 모
양인데, 안 나가세요?"

노형진이 빈정거렸지만 그녀는 뒤도 돌아보지 않았다.

갑작스러운 모습에 깜짝 놀라서 보고만 있던 김성식이 뒤
늦게 노형진을 말렸다.

"아니, 갑자기 왜 그러나? 자네 미쳤나?"

"미쳤다기보다는……."

노형진은 긴 한숨을 내쉬었다.

"그냥 욱했습니다."

"아니, 왜?"

"그냥요. 그냥…… 저 여자가 너무 구역질이 나서요."

차마 진실을 말하지 못하고, 노형진은 그저 그녀가 올라간
엘리베이터 문을 노려볼 뿐이었다.

최고 존엄 우리 사모님

'기가 막히는구만. 진실이 그따위였어? 어쩐지. 그따위니까 일이 이따위로 굴러가지.'

노형진은 기억을 읽기 위해 일부러 박강자의 손을 잡았는데, 그 순간 박강자는 갑자기 치고 들어오는 노형진의 행동에 당황해서 진실을 다 떠올리고 말았다.

그렇게 읽은 그 당시의 진실은 황당함을 넘어서 역겹기까지 했다.

'그나저나 일이 이 지경이니 국방부에서 눈깔 돌아가서 사건을 덮으려고 혈안이 되지.'

그 당시 박강자는 부대 내에서도 실세 중의 실세였다.

군수지원사령부 참모 위에는 사령관이 있었는데, 당시 군수지원사령부 사령관의 아내는 자신의 선을 정확하게 알고 지키는 타입이었다.

그래서 다른 장교들의 아내들과 교류는 했을지언정 남편의 권력이 자신의 권력이라고 생각하지는 않아 선을 지켰다.

하지만 박강자는 그렇게 생각하지 않았다.

그녀는 남편의 권력이 자신의 권력이라 생각했고, 자연스럽게 주변 장교의 아내들은 그녀에게 모여들었다.

'거기까지는 뭐 흔하게 벌어지는 일인데.'

군대에서 장교들, 특히 대령급 이상의 와이프들이 그런 짓거리를 많이 하는 걸 대부분의 병사들은 잘 알기에 그냥 넘어갈 일이었다.

그러나 심대유의 보좌 역으로 소미한이 발령받으면서 상황은 이상하게 돌아가기 시작했다.

심대유는 어지간한 걸 그룹 이상의 미모의 소유자인 소미한에게 끊임없이 추근거리면서 성희롱을 해 댔다.

소미한은 그걸 잘 참으며 군 생활을 했다.

그녀가 군 생활을 시작할 때부터 그런 건 예상했던 일이니까.

문제는 그 와중에 박강자에게 의부증이 생겼다는 것이다.

엄청나게 예쁜 보좌관과 매일 같이 붙어 다니고, 심지어 심대유는 소미한을 어떻게 한번 해 보겠다고 일정에도 없는 출장을 만들어서 지방으로 내려가기까지 하니 박강자의 의부증은 심각하게 발전할 수밖에 없었다.

'그런데 왜 엉뚱한 사람에게 화를 내느냐고. 하여간.'

사실 소미한에게 심대유는 아버지를 넘어서 좀 일찍 결혼했다면 할아버지뻘이 될 수도 있는 나이이니 남자로 보일 리가 없다.

하지만 박강자는 그렇게 생각하지 않았다.

자신을 몰아내고 자기 자리를 차지하려고 한다고 생각한 박강자는 거의 반쯤 미쳐 갔다.

여기까지는 의부증이 있는 여자들이 쉽게 도달하는 영역이다.

문제는 박강자가 권력자였다는 거다. 단순히 개인이 아니라 부대 내에서 절대적 권력을 가지고 있던 사람이고, 병사들은 불가능해도 다른 장교들의 와이프들을 동원하는 건 가능했다는 것.

남편의 승진이 달려 있는 아내들은 당연히 그녀에게 동조할 수밖에 없었고, 결국 소미한이 심대유와 떨어진 어느 날, 즉 사건 발생 당일에 그녀를 불러내서 집단 린치를 가하고 말았다.

여왕벌이 다른 여자들을 휘두르는 건 사실 흔하게 있는 경우인 데다 군인이라는 특성상 소미한은 상급자의 와이프인 박강자의 나오라는 말을 거부할 수가 없었을 것이다.

군대에서 장군의 아내는 그 자체로도 장군이고 거부하는 순간 보복이 들어오니까.

하지만 집단 린치를 당할 거라고는 생각하지 못했을 것이다.

'쯧쯧.'

약속 장소에서 박강자는 심대유에게 꼬리 치지 말라며 십여 명의 장교 아내들과 집단 린치를 가했다.

소미한은 그래도 훈련받은 사람이라 그들을 밀쳐 내고 탈출하는 데에는 성공했다.

그녀는 다급하게 도망치면서 심대유에게 해당 사실을 전화로 보고했다.

이에 심대유가 기겁하면서 '일단 와라. 와서 이야기하자.'라는 식으로 설득했기에, 소미한은 이번 기회에 보직 변경을 신청할 생각을 하고 부대로 복귀하기 시작했다.

'다만 집단 린치로 인한 부작용은 생각하지 못한 거지.'

여기까지는 박강자의 기억이다. 그리고 그다음은 심대유가 박강자에게 사건 이후에 말해 준 기억이었다.

심대유에게 보직 변경을 요구하기로 마음먹고 돌아가던 중 소미한에게 폭행으로 인한 뇌출혈이 발생했다.

하긴, 아무리 힘이 약하다곤 해도 십여 명의 여자가 한 여자를 두들겨 팼는데 피해가 아예 없지는 않았을 것이다.

단순히 뺨을 때린 것도 아니고, 소미한을 넘어트리고 발길질을 하면서 폭행했다고 하니까.

그렇게 운전 중 뇌출혈이 발생하자 소미한은 기절했고 차량은 다리에서 추락하면서 사망한 것이다.

그리고 그 사실을 알게 된 박강자와 장교의 아내들은 벌벌 떨면서 남편들에게 사실을 말했고, 남편들은 난리가 났다.

분명 살인이니까.

물론 살인의 고의가 없었다고 해도 일단 사람이 죽었고, 아내의 인생뿐만 아니라 자기네들의 인생까지 박살 나게 생긴 것이다.

'개새끼들.'

그다음부터 자연스럽게 조작에 들어가기 시작했고, 온몸에 난 멍은 추락 당시에 발생한 것으로, 그리고 뇌출혈로 인해 기절해서 탈출하지 못한 건 자살로 조작되었다.

그러나 사고로는 조작할 수가 없었다. 외부에서 부검하면 제대로 된 조사 결과가 나올 테니까.

아무것도 모르는 소미한의 아버지 소춘모를 속일 수는 있겠지만 전문 부검의가 폭행과 사고의 흔적을 몰라보지는 않을 테니 자신들이 끝장날 것을 막기 위해 사고가 아닌 자살로 조작한 것이다.

'그리고 그게 변질된 건가.'

그 당시 아내들의 살인 사건을 감추기 위해 모였던 장교들은 자연스럽게 하나의 그룹, 즉 사조직화되었고 비밀스럽게 서로를 밀어주고 당기면서 권력의 핵심으로 올라갔다.

'그러니까 국방부에서 필사적으로 이 사건을 은폐하려고 하는 거군.'

그 당시 제일 낮았던 계급이 소령, 그리고 그는 현재까지 군 생활을 하고 있고 중장이다.

예편한 사람도 있고 아직 군에 있는 사람도 있지만, 어찌 되었건 그 당시 소장, 추후 중장이 된 심대유의 지원하에 그들은 높은 자리로 올라갈 수 있었다.

심대유는 사건을 은폐하는 대신에 승진 과정에서 자기네 사조직에 속하지 않은 자들을 조사해서 몰락시키는 방법으로 도와줬고, 결국 군 내부에 현직 중장까지 만들어 냈으니 당연히 국방부가 사건을 필사적으로 은폐할 수밖에 없었다.

"이걸 어쩐다."

일단 기억을 읽어서 사건의 전말은 알아냈지만 이걸 조사할 방법이 없다.

우선 그 당시의 관련자들은 죄다 군의 핵심 인사가 되었다.

최소 준장 이상은 달았다.

관련된 별이 몇십 개가 넘으니 이걸 국방부에서 그냥 둘 리가 없다.

"와, 씨발. 일이 이렇게 커지나?"

노형진은 머리를 긁적거렸다.

이 정도면 진짜 국방부에서는 사건 은폐를 위해 총력전을 할 수밖에 없는 상황.

문제는 증거가 없다는 거다.

"그래, 증거라……."

아니, 증거는 있다. 다만 그 증거를 저들이 쥐고 있을 뿐.

"돈으로 억압한다……."

저들은 지금 시신을 가지고 소춘모를 압박하고 있다.

그렇다면?

"흠, 그래. 그 방법이 좋겠어."

노형진은 씩 하고 웃었다.

⚖

"노 변호사님이 빚을 갚아 주시겠다고요?"

소춘모는 눈을 크게 떴다. 노형진의 말은 전혀 예상하지 못한 것이었으니까.

"네, 제가 5억 5천만 원 전액을 지불하겠습니다."

"하…… 하지만 제가 그걸 갚을 방법이……."

"안 갚으셔도 됩니다."

노형진에게 있어서 5억 5천만 원이라는 돈은 중요한 게 아니었다.

'중요한 건 그 장군이라는 놈들이 벌이는 짓이야.'

살인마저도 자신들의 이익을 위해 감췄던 자들이다. 과연 그들이 다른 범죄는 은닉을 하지 않을까?

처벌이나 미래에 대한 두려움? 그걸 최대한 이해해 주려 해도 그다음은 전혀 다른 이야기다.

그들은 비밀을 공유하는 사이가 되었고, 양심의 가책을 자신들의 결속을 다지는 도구로 사용했다.

그 결과 그들은 모두 장성이 되었고, 몇몇은 여전히 군 내부에서 호령하면서 병사들을 찍어 누르고 있으며, 몇몇은 외부에서 그들과 손잡고 국가의 예산을 빼돌리고 있다.

'그냥 둘 수는 없지.'

문제는 이 사건을 증명할 수 있는 수단이 없다는 거다. 한 가지만 빼고 말이다.

"대신에 조건이 있습니다."

"조건이라고 하시면?"

"따님의 시신을 가지고 오면 공식적으로 외부에서 부검해야 합니다."

"네? 그게 무슨 말씀이십니까? 부검을 외부에서 해야 한다니요?"

"사실은 내부에 이상한 소문이 도는 걸 알아냈습니다. 다만 제보자는 자신의 신분을 드러내지 말라고 했습니다."

노형진은 익명의 제보자가 말했다고 거짓말하며 자신이 알고 있는 상황을 소춘모에게 이야기했다.

그 말에 소춘모는 충격을 받아서 혼이 나간 듯했다.

자신의 딸이 자살할 아이가 아니라는 건 알고 있었다. 그래서 20년 동안 계속 버티고 버텼다.

그러나 그렇게 허망하게 간 거라는 사실을 알았을 때의 충격은 이루 말할 수가 없었다.

"지…… 진짜입니까? 그 말이 사실입니까? 제 딸이……
제 딸이 그냥 미친년들의 질투에 죽은 거란 말입니까!"

"일단 소문은 그렇습니다."

"그런데 그런 놈들이 아직도 군에 있다고요?"

당장이라도 튀어 나가려고 하는 소춘모.

노형진은 그런 그를 애써 말렸다.

"진정하세요. 지금은 너무 흥분하셔도 아무것도 못 합니다."

너무 억울해서였을까? 소춘모는 분노를 가누지 못하고 부
들부들 떨었다.

노형진은 그런 그를 진정시키며 말했다.

지금 그의 머릿속에 어떤 생각이 있을지 누구보다 자신이
잘 알고 있으니까.

"가서 죽이시려고 하는 거라면 포기하세요. 죄다 장군에
장군 와이프입니다. 접근하기도 힘드실 겁니다."

"하지만 제 딸이 그런 꼴을 당하고 그렇게 억울하게 갔는
데 어떻게 참으란 말입니까?"

"안 참으시면 그들은 계속 그렇게 살 겁니다. 그들은 사는
곳도 부대도 다릅니다. 죽여 봐야 한두 명입니다. 나머지는
편하게 다 잊고 살겠지요. 그렇게 두실 겁니까?"

그 말에 소춘모는 이를 악물고 분노를 억누르려고 노력했
다. 얼마나 이를 악물었는지 입술 사이로 피까지 흘러나왔다.

"그리고 모든 게 확실한 건 아닙니다. 일단 그분이 들은 소문은 그렇다고 합니다. 하지만 그 소문은 순식간에 사라졌다고 하더군요. 사실 관련자들이 죄다 고위 장교들이니 오래 갈 소문은 아니었지요."

"크흑……."

그 말에 소춘모는 눈물을 펑펑 흘렸다.

20년을 억울하다고 외쳤지만 누구도 들어 주지 않았다.

그 때문에 무려 20년을, 자신의 딸을 차디찬 냉동실에 둬야 했다.

그 고통, 그 분노, 그 죄책감은 누구도 모른다.

차라리 자신이 포기하면 딸을 보낼 수 있지 않을까, 쉬어야 하는 딸을 자신이 붙잡고 쉬지도 못하게 하는 것 아닐까 하는 지독한 죄책감.

그 모든 걸 딸이 왜 죽었는지를 알고 싶다고 애써 무시하는 자신에 대한 혐오감.

그런데 20년 만에 드러난 진실은 황당하다 못해 어이가 없었다.

고작 장군 와이프의 눈먼 질투심으로 생긴 사건이라니.

"내 이……놈들을 당장!"

결국 분노를 참지 못하고 다시 당장이라도 뛰쳐나가려고 하는 소춘모를 노형진은 다급하게 막았다.

"진정하세요. 가 봐야 살해당합니다."

"대체 어떻게 진정하란 말입니까!"

"그놈들이 있는 곳은 군대입니다. 잊으셨어요?"

화가 나서 들이닥치면 최악의 경우 위병이 그에게 실탄을 쏠 수도 있다.

대부분의 사람들은 공포탄 소리만 들어도 쫄겠지만 지금 소춘모는 눈에 보이는 게 없는 상황이다. 그러면 최악의 경우 실탄사격이 이루어질 수도 있다.

위병이 실탄을 쏘는 건 합당한 조치다.

"그렇게 되면 소춘모 씨만 테러범으로 남게 됩니다. 진실은 사라지고요. 돌아가신 따님의 이름에 먹칠을 하고 싶으신 겁니까?"

"크윽……."

그 말에 소춘모는 주저앉아서 눈물을 흘렸다.

이렇게 억울한데, 억울해서 죽을 것 같은데 누구도 그걸 알아주지 않다니.

"걱정하지 마세요. 복수는 제가 해 드립니다. 그러니까 진정하세요."

"하지만…… 어떻게요? 한두 명도 아닌데 어떻게 복수한단 말입니까!"

"그래서 제가 해야 합니다. 말씀드렸다시피, 소춘모 씨가 가서 복수한다고 한들 잘해야 한 명이나 잡겠습니까?"

접근도 못 할 가능성이 100%다.

그리고 그들은 전부 각자 다른 곳에서 근무하고 있다. 군인이 아닌 사람도 있고 말이다.

"하지만 어떻게요?"

오열하는 소춘모에게 노형진은 확답을 주듯이 말했다.

"어떻게 해서든요."

"어떻게 해서든이라……. 방법이 있을지 모르겠군."

쉽지 않은 싸움이다. 증거도 없고 증인도 없다.

"자네에게 제보한 사람은 전혀 고발의 의사가 없나?"

"없습니다. 애초에 그 사람이 드러나면 한국에서 살아남을 수나 있겠습니까?"

"하긴, 그렇겠지. 3선 의원의 눈 밖에 나고도 살아남을 수 있을 리가 없으니."

심지어 그저 그런 의원도 아니고 어마어마한 권력을 가진 사람이다. 이민을 간다고 해도 살까 말까 한 상황인데 누가 나서려고 하겠는가?

"그러면 다른 방법을 찾아야 한다는 건데. 흠…… 자네 생각은 어떤가?"

"일단은 시신을 찾아오는 게 우선일 듯합니다."

"주겠나?"

"줄 수밖에 없지요. 사실 거기에 보관하는 건 일반적인 경우지만 시신의 인도를 거부하는 건 불가능하지 않습니까?"

"역습이라 이건가?"

"그렇습니다."

돈을 내놓지 않으면 시신을 돌려주지 않겠다는 게 그들의 방식이다. 그러면 그 와중에도 사용료는 쌓여 가기 때문에 결국 피해자의 유가족은 아무것도 못 한 채로 사용료만 수억씩 쌓이게 된다.

조사도 못 하고 항의도 못 하고.

"그건 법을 모르는 사람들을 속이기 위한 방법 아닙니까? 사실 시신을 돌려 달라고 하면 그들은 안 줄 방법이 없습니다."

물론 돈을 지급한다는 조건이 완성되어야 하지만 말이다.

그 때문에 노형진이 대신 그 5억 5천만 원이라는 돈을 지급하겠다고 나선 것이다.

"채무 관계가 종료되면 안 줄 수가 없지."

"네. 그놈들은 그걸 비밀로 하고 있고요."

물론 사건이 진행 중이라면 사건의 수사에 필요하다고 주장하면서 시신의 반환을 거부할 수 있다.

실제로 의심스러운 사건의 경우는 수사기관에서 시신을 반환하지 않아도 된다.

"하지만 이 사건은 공식적으로 국방부에서 자살로 종결 처리한 지 오래입니다."

다만 소춘모가 시신의 수령을 거부하고 버텨서 지금까지 시간을 끌 수 있었던 거지.

"시신의 보관을 어디서 하든 그건 유가족의 권한이지요."

즉, 지금이라도 시신을 다른 곳에서 보관하겠다고 돌려 달라고 하면, 안치실의 사용료까지 받은 이상 국방부는 막을 방법이 없다.

"좋아, 그것까지는 이해하겠어. 그런데 말이야, 내가 보기에 이 사건을 뒤집기 위해서는 여론이 필수야. 자네도 알다시피 3선 국회의원이 끼어 있는 사건이야. 거기다 수많은 별들이 연관되어 있고. 아마 언론 쪽에서는 확실한 증거가 없다면 입을 다물고 있을 걸세."

"네, 저도 예상하고 있습니다. 사실 그게 정상이고요."

증거가 없으면 섣불리 이야기하지 마라.

그게 새로 만든 법이니까.

그리고 현 상황에서 증거는 전혀 없다.

"그러면 인터넷으로라도 사람들의 여론을 불러일으켜야 하는데, 난 그 방법을 모르겠군. 흠, 사건에 대해 헛소문을 내는 건 어떤가?"

"어떤 소문 말씀이신지?"

"가해자가 누군지 확인할 수 없으니 장성급들에 의한 집단 폭행 사건이라든가……."

김성식의 말에 노형진은 고개를 흔들었다.

"그건 안 됩니다."

"어째서?"

"일단 실제로 장군들에 의한 집단 폭행은 없었으니까요. 그 당시 근무 기록 같은 걸로 반격하면 불리해지는 건 우리입니다."

만일 장성급들이 반격하게 되면 역으로 이쪽이 곤란해질 수도 있다.

한번 이쪽이 한 말이 거짓으로 드러나면 이후 어떤 공격을 해도 여론은 중립을 지키면서 돌아오지 않을 가능성이 커진다.

"그리고 피해자분이 여성이라는 점에서도 좀 곤란합니다. 고인의 명예가 있으니까요."

"아, 그렇지. 고인의 명예는 지켜 드려야지. 내가 생각이 짧았네."

단순히 폭행이라고 발표한다고 해도 여론에서는 분명 다른 더러운 범죄를 추측할 거다.

현실적으로 본다면 그게 장군들에게 불리하게 작용할 가능성이 크지만, 동시에 어떤 면에서는 고인의 명예도 더럽혀질 수 있다.

"아무리 그게 아니라고 해도 피해자 유가족이 그런 소리를 인터넷에서 본다는 건 엄청난 고문입니다."

"그렇지. 그것도 미처 생각지 못했군. 미안하네. 그러면 그냥 인터넷에다가 사실을 말해야 하나?"

"그렇게 하면 묻힐 가능성이 큽니다."

사실을 말한다고 해서 뭔가 바뀌는 것도 아니고, 요즘은 워낙 여론을 호도하고 이용하려는 놈들이 많아서 국민들도 일단은 중립을 지키려 하는 경우가 대부분이다.

"특히 이번 경우는 더 그럴 겁니다. 사건 기록만 보면 우리가 불리한 게 사실이고요."

사건 기록은 조작이 아니라 팩트다. 그 당시 증인들도 있고, 다리에 있던 CCTV 기록도 있다.

그 기록을 보면 소미한은 다리에서 주행 중 갑자기 방향을 바꿔서 그대로 난간으로 돌진한 후 추락했다.

그 과정에서 브레이크를 밟거나 다른 사람과의 충돌도 없었다.

"그걸 국방부에서 공개하면 다른 증거가 없는 이상 국민들의 여론은 자연스럽게 국방부 쪽으로 넘어갈 겁니다."

아마도 국민들은 누가 봐도 자살이라고 생각할 것이다.

"그러면 어쩔 생각인가?"

"우리가 먼저 일단 속임수를 쓸 생각입니다."

"속임수?"

"네. 일단 소미한 씨의 시신은 확실한 증거이니까요."

박강자의 기억에 의하면 그녀는 분명 소미한의 직접적인 사망 원인이 뇌출혈이라는 걸 인지했다.

'그 말은, 부검의도 폭행과 뇌출혈이 있었음을 알았다는

거지.'

그리고 그 부검의의 보고서는 자연스럽게 심대유를 거쳐서 박강자에게 전달되었을 것이다. 이에 박강자는 놀라서 사실을 다 말했을 테고 말이다.

'그러면 시신에서 흔적을 찾는 것은 어렵지 않다.'

공식적으로 국방부의 발표는 자살이고 사인은 익사다.

하지만 제대로 부검한다면?

과연 다른 부검의들이 뇌출혈과 폭행 흔적을 발견하지 못할까? 그리고 익사의 흔적이 없다는 걸 과연 모를까?

'당연히 그게 두려울 테고.'

노형진은 씩 하고 웃었다.

'그러면 그들이 선택할 수 있는 건 하나뿐이지.'

노형진은 그걸 노릴 생각이었다.

⚖️

"뭐?"

심대유는 자신을 찾아온 소장의 다급한 말에 깜짝 놀랐다.

"5억 5천만 원을 납부했어?"

"네. 납부하고, 시신을 양도할 것을 요구하고 있답니다."

"이런 미친……. 그놈 재산이 그렇게 안 될 텐데."

자신들의 인생이 걸린 일이다 보니 이미 심대유와 그 일당은 소춘모에 대해 충분히 조사한 상황이었다.

당연히 그런 돈은 없을 거라 판단했고, 그래서 소송을 통해 압박해서 사건을 끝낼 생각이었다.

그런데 그걸 냈다니?

"그러면 그 시신은 어쩌겠다는 거야?"

"공신력이 있는 대학 병원으로 가서 전문 부검의를 통해 재부검하겠답니다."

"뭐? 절대 안 돼!"

그건 절대로 일어나서는 안 되는 일이다.

자신들의 부검의조차도 사인은 익사가 아니라 뇌출혈이며 온몸에 구타의 흔적이 있다고 이야기했다.

만일 그 사실이 들통나면? 국방부의 조사 결과를 정면으로 뒤집게 되어 사건이 복잡해진다.

"절대로 그렇게 둘 수는 없어. 절대로 주지 마."

"일단은 주지 말고 최대한 버티라고 했습니다. 하지만 안 줄 수가 없습니다. 상대방은 노형진입니다."

"크으…….."

외통수다. 확실하게 외통수다.

만일 돈을 다 줬음에도 불구하고 국방부에서 시신의 반환을 거부한다면?

그 자체로 국방부에서 뭔가를 감추고 있다는 의심을 받게 된다.

현재 대한민국 군대에 대한 믿음은 개미 눈곱만큼도 없는 게 현실이다. 아무리 세상이 좋아지고 군 내부가 개선되었다고 해도 결국 군대라는 조직이라고 생각하니까.

그나마 직접적으로 와닿는 병사들의 병영 생활은 좀 나아졌다고 인정하겠지만, 장군들이 양심적이고 투명하게 군을 지휘한다고는 대부분 믿지 않는다.

하물며 지금 사건도 아니고 20년 전 사건.

그런데 거기다 대고 시신을 안 준다?

그러면 대놓고 '우리가 사건 조작했습니다.'라고 말하는 것밖에 안 된다.

"끄응……."

외통수의 상황에 심대유는 머리가 지끈거렸다.

⚖️

그리고 그 시각, 노형진은 인터넷에 작업을 치고 있었다.

"이게 먹힐까?"

"먹힐 겁니다. 대한민국 대부분의 남자들은 군대에 다녀왔습니다. 그리고 군대라는 조직에 좋은 감정을 가진 사람은 솔직히 드물지요."

남자들의 군대에 대한 감정은 한마디로 표현하면 애증이다.

생각해 보면 한 번은 해 볼 만하다고 표현하지만 두 번은

최고 존엄 우리 사모님 73

절대 안 한다는 감정.

자신의 젊은 시절이 녹아내려 있기에 부정은 못 하지만 그 안에서 벌어지는 더러운 면 역시 알고 있으니 결코 좋을 수는 없는 것이다.

"그리고 그런 의문사에 대해 전혀 모르지는 않지요."

"물론 그건 그렇지. 하지만 의문사가 한두 건도 아니지 않나?"

군대에서는 매년 수백 명이 죽고 군대는 거의 백이면 백 자살로 몰아간다.

그리고 대부분의 유가족들은 자기 자식이 자살할 애가 아니라면서 현실을 받아들이지 못한다.

"물론 그런 글은 흔하지요. 하지만 보다시피 이 사건은 다른 사건과 좀 다릅니다. 일단 저쪽에서 시신을 안 주고 있지요."

이미 돈을 완납했음에도 불구하고 국방부 쪽은 소미한의 유해를 주지 않고 버티고 있다.

"그렇다고 소춘모 씨가 소미한 씨의 시신을 본 것도 아니고요."

노형진은 쓰게 웃으며 말했다.

그럴 수밖에 없는 게, 현재 소미한이 안치된 곳은 일반 병원이 아닌 군 병원의 안치실이다.

그곳은 군 시설인지라 민간인의 접근이 쉽지 않다.

실제로 소춘모가 몇 번이나 들어가서 시신을 확인하려고 했지만 상부에서 허가해 주지 않아서 그조차 못 했다.

이유인즉슨 군사보안 시설이라서 그렇단다.

틀린 말은 아니지만 또 딱히 맞는 말도 아니다.

군사 시설에 속하지만 병원이니까.

"그러니 우리가 이런 글을 올리면 군에 갔다 온 대부분의 사람들은 의문을 품게 됩니다."

소춘모의 이름으로 올린 내용은 간단했다.

군에서 의문사한 내 딸의 시신을 20년째 보여 주지 않고 있습니다.

이 정도만 해도 사람들은 군대라는 조직의 부정적인 면과 연결 지으면서 의심하게 된다.

"그리고 추천 작업을 조금만 해 주면 상황은 달라지지요."

물론 초 단위로 글이 올라오는 수많은 인터넷 사이트의 특성상 묻혀 버릴 가능성이 크다.

하지만 노형진은 외부에 있는 업체를 통해 추천 작업을 하는 게 어렵지 않았고, 그렇게 추천으로 인기 게시물 목록에 일단 올라가면 수만 명이 그 글을 보기 시작한다.

"그때는 국방부에서 어떻게 막을 수가 없게 됩니다."

물론 추천 작업을 했다고 해도 터무니없는 헛소문이라면 금방 비추천을 받아서 삭제되지만, 이런 사건들은 군대라는 트라우마를 가지고 있는 대부분의 남성들의 PTSD를 자극한다.

아니나 다를까, 베스트에 올라가서 사람들이 보기 시작하자 댓글이 미친 듯이 달렸다.

추천은 몰라도 외부에서 댓글까지 달아 주지는 않는다.

–군대가 군대 했네.

–20년 전 사건이라……. 흠, 뭐 겁나 걸리나 본데?

–피해자분 사진 봐라. 근무처가 군수사령부? 각 나오네.

노형진은 그렇게 올라오는 댓글을 보고 주먹을 꽉 쥐었다.

이제 사람들의 관심을 끌었으니 국방부는 압박을 받을 수밖에 없다.

그리고 그 와중에 생각지도 못한 댓글이 달렸다.

세상은 넓으면서도 좁다고 하더니 그 말이 맞는 모양이었다.

–헐? 소 중위님 자살 아니었음? 나 이분 암. 나 20년 전에 거기서 군 생활 했음. 이분 심대유 장군 보좌관이었음. 그때 내가 심 장군 운전병이었음. 그때 듣기로는 자살이라고 종결 처리했댔는데?

당연히 그 글에 사람들이 관심을 보이면서 달라붙었다.

–썰 좀 풀어 봐.

–소 중위님 완전 착했음. 사령부에서 최고 인기 스타인 건 당연한

거였고. 장교들 중에서 안 껄떡거린 놈이 없었지 싶다. 뭐, 나중에 남친이랑 깨져서 자살했다고 발표가 나긴 했는데, 남친이 미침? 나 같음 모시고 살지. 그리고 내가 제일 오래 같이 붙어 있었잖아. 내 자리 맞은편이 소 중위님 자리였는데 남친 없는 것 같았음. 자기는 남친 없다고 몇 번이나 말했었고.

−헐, 그런데 남친 땜시 자살? 폰남친이냐?

−하여간 이상하기는 했는데 그게 아직 진행 중인지는 몰랐네.

생각지도 못한 지원사격에 이슈는 빠르게 타올랐다.

그리고 그런 인터넷 사이트에 상주하는 기자들이 냄새를 맡고 몰려들기 시작했다.

이슈화를 시켰으니 이제는 움직일 시간이다. 그렇게 생각했다.

하지만 이어진 노형진의 계획에 김성식은 깜짝 놀랐다.

"시신 탈취?"

"네. 제가 봐서는 분명 가능합니다. 군대이지 않습니까?"

"하지만 그런 경우는 후폭풍이 어마어마할 텐데?"

"그게 살인 당사자들의 후폭풍일까요, 아니면 군대의 후폭풍일까요?"

"그건…… 그렇군."

노형진이 현 상황을 조성한 이유가 그들이 시신을 내놓게 하기 위해서였다. 하지만 한편으로는 한 가지 가능성을 염두에 두고 있었다.

"국방부에서 시신을 탈취해서 소각 처리해 버릴 거라니."

"충분히 가능합니다. 과거에 그런 일이 없었던 것도 아니고."

경찰마저도 대기업을 위해 사망 사건의 시신을 탈취한 적이 있다.

그게 그렇게 오래된 일도 아니다.

하물며 군대에서 그걸 못 할까?

"욕이야 국방부에서 겁나게 처먹겠지요. 하지만 그 이후에는요? 결국 답은 나와 있습니다. 군대가 군대 했네."

조사가 제대로 진행되지도 않을 테고, 사건은 그냥 흐지부지. 사과만 하고 징계는 하는 척하다가 군대에서 대충 무마.

관련자들은 나중에 승진하고, 소춘모는 딸의 시신마저도 빼앗기게 될 가능성이 크다.

"국방부는 그로 인해 욕먹을 테고 동시에 5억 5천만 원을 잃어버리게 될 겁니다."

일단 언제 시신이 사라졌는지 알 수가 없으니까.

"하지만 그뿐이지요."

어차피 군 내부에서 벌어지는 처벌이나 기타 상황을 외부인이 알 수는 없으니까.

"장군들 십수 명이 관련된 일입니다. 과연 안 할까요?"

"후우, 설마가 사람 잡는다는 말이 괜히 생긴 건 아니지."

말도 안 된다고 생각하지만 군대라는 조직에 대해 조금이라도 알면 그럴 수도 있다고 봐야 한다.

"최선이 그 당시의 당직이나 병사들이 처벌받고 끝나는 것일 겁니다."

그나마도 언제 사라졌는지 입증이 가능하면 그럴 거다.

하지만 철저하게 준비한다면 언제 사라졌는지 알 수도 없게 할 수 있다.

"국방부에서 할 말은 뻔하지요."

사고로 인해 시신이 사라졌다.

오류가 있었다.

어디로 갔는지 모른다.

죄송하다.

그리고 사건 종결.

"하긴, 그러면 욕먹는 건 국방부뿐일 테지."

정작 사건의 당사자인 장군들은 쏙 빠져나갈 거다.

그리고 국방부라는 곳은 애초에 욕먹지 않을 수가 없는 집단이니까 그다지 신경 쓰지도 않을 것이다.

군 내부에서 수류탄이 터져도, 살인 사건이 일어나도 바뀌지 않는 이유가 그거다. 어차피 욕먹을 집단이니 욕을 백 번먹으나 백한 번 먹으나 그건 마찬가지니까.

"더군다나 언제 사라졌다고 우리가 증명도 못 하지 않습니까?"

국방부는 소춘모가 딸의 시신을 확인하지 못하게 계속 막고 있었다.

소춘모의 말에 따르면 소미한의 시신을 마지막으로 본 것은 15년 전이라고 했다.

그 후에는 국방부에서 그를 위험분자로 분류해서 군 병원 내부에 진입조차도 못 하게 막고 있다고 했다.

"그 15년 사이에 착오가 있어서 사라졌다고 한다면 뭐."

노형진은 어깨를 으쓱했다.

그렇게 욕 좀 먹으며 두어 달 버티면 사람들은 다 잊어버린다.

"그렇군. 그러면 어떻게 해야 하나……."

"지켜야지요."

"하지만 어떻게?"

"글쎄요. 그게 문제인데."

군 병원 내부에 들어가서 시신을 지킨다거나 하는 건 불가능하다. 국방부에서 시신도 이런저런 핑계를 대면서 안 주고 있는데 과연 지키고 있는 걸 허락할까?

"밤에 들어가는 입구를 지켜야 할까? 설마 낮에 탈취하겠나?"

"모를 일입니다. 상대방은 국방부니까요."

외부의 민간인이 있어서 눈치를 봐야 한다면 모를까, 국방부가 그런 걸 신경 쓸 이유는 없다.

"물론 밤에 움직일 가능성이 크기는 하지만."

문제는 밤이건 낮이건, 안치실에서 꺼내서 옮기는 건 어렵지 않다는 거다.

그에 반해 자신들이 움직이는 건 불가능하다고 봐도 무방하다.

"그렇다고 거기에서 나오는 모든 차량을 우리가 검문할 수는 없는 노릇이고요."

민간 차량도 아니고 군사 차량일 게 뻔한데 그걸 민간에서 검문하는 건 문제가 될 소지가 다분하다. 일단 민간인이 서라고 한다고 설 리도 없고 말이다.

"그 방법이 문제이기는 한데, 의사를 조사하는 건 어떤가?"

그런데 한참을 생각하던 김성식이 좋은 방법을 떠올려 냈다.

바로 군의관을 이용하자는 거다.

"의사 말입니까?"

"그래. 자네도 알지? 의사들은 군대에서 의무 복무해야 하는 거."

"그렇지요."

노형진은 고개를 끄덕거렸다.

의사의 경우는 두 가지 선택이 있다.

첫 번째, 의사 자격증을 따기 전에 먼저 군대에 가서 일반 병사로 복무를 마치는 것.

그렇게 되면 군 기간은 짧아지지만 대신에 배운 걸 까먹게 될 가능성이 크다.

두 번째는 의사 자격을 얻은 다음에 군의관으로 부임하는 것. 그런 경우 복무 기간은 최소 3년으로 길어진다.

그런데 이 3년에 대해, 의사들은 좋게 표현하면 휴식 기간, 나쁘게 표현하면 버리는 기간이라고 이야기한다.

왜냐하면 이 기간 동안에는 의사로서의 실력을 키울 수가 없기 때문이다.

"군대에서 공부해서 실력을 키우라는 말이 있던데 그건 개소리기는 하죠."

국방부에서 병사들에게 홍보할 때 하는 말 중 하나가 바로 그거다. 군대에서 차분하게 공부하고 학점을 따 가라고.

그래서 실제로 학점은행과 손잡기도 했다.

하지만 현실은 언제나 시궁창.

학점은커녕 병사들이 조금이라도 쉬려고 하면 노예들이 노는 꼴을 못 보는 장교들이 없는 작업도 만들어 내서 뭐라도 하도록 하고, 심지어 법에서 정한 주말조차도 작업으로 빼앗으려고 혈안이 되어 있었는데 학점 따는 게 가능하겠는가?

군의관도 마찬가지.

군대에서 머리 아프면 머리에 빨간약, 배 아프면 배에 빨간약, 다리 아프면 다리에 빨간약이라는 농담이 괜히 생긴 게 아니다.

군의관으로 부임하면 병사들을 관리해야 하는데 여기서부터 일이 지랄 같아진다.

만일 군의관이 이 병사가 아프다고 생각해서 훈련 열외 같은 걸 이야기할 경우, 지휘부에서는 비전투 손실로 들어가고 장교들의 인사고과는 하락한다.

　그 때문에 군의관이 쉬라고 한다 한들 자대에 돌아가면 군인 정신이 어쩌고 하면서 훈련이나 작업을 하게끔 압박을 가한다.

　심지어 동기들조차도 아프다고 하면 뺑끼를 쓴다면서 모욕하고 왕따를 시킨다.

　뺑끼란 쉽게 말해서 잔머리를 의미한다.

　그 때문에 군대에서는 병을 키울 수밖에 없고, 그 상태로 나가게 된다.

　또 그렇게 되면 군의관이 책임을 면하지 못하게 된다.

　그러니 군의관들은 가능하면 간단한 치료만 하려고 하고, 좀 복잡하다 싶으면 무조건 외부 병원으로 가 보라고 한다.

　당연히 실력이 늘어나거나 하는 건 기대하기 힘들다.

　공부? 그들은 의사이기 이전에 군인이다. 당연히 온갖 훈련과 서류 작업을 해야 한다. 공부할 시간이 없다.

　그리고 현실적으로 의사 면허를 가지고 있으면 사회에서 못해도 1억 이상의 연봉이 확정적이고, 응급의학과같이 인원이 부족한 곳은 2억 이상의 연봉을 받을 수 있다.

　3년 내내 죽어라 군대에서 굴러 봐야 절대 못 모을 돈을 1년 만에 모을 수 있으니 대부분의 군의관들은 하루라도 빨리 나가고 싶어 한다.

　"그래. 자네도 마찬가지 아니었나?"

"네? 그게 무슨…… 아!"

순간 노형진의 머릿속에 번쩍 드는 생각이 있었다.

그도 군 복무를 했다. 그것도 군법무관으로 말이다.

하지만 그 당시에 그가 군 내부의 비밀을 조사하고 권력자들의 뒤를 캐려고 하자 편법을 이용해서 예편시켜 버렸다.

"군인이 내부 고발을 하면 군대에서는 어떻게 하겠나? 대상이 군의관이라고 하면 말이야."

"음…… 그렇군요. 보복은 못 할 테고."

내부 고발자에게 보복하면 엄청난 후폭풍이 닥쳐올 수밖에 없다.

그나마 그 사람이 혼자서 내부 고발을 한 것이고 누구도 도와주지 않는 상황이라면 가능하겠지만, 만약 그렇지 않다면?

"아마 군 복무 부적합 판정을 통해 쫓아내려고 할 걸세. 자네도 알다시피 군 내부, 특히 의학 쪽에 얼마나 장난질이 많은가?"

"이해가 갑니다. 그곳은 아주 개판이지요."

군 병원에서 쓰는 약품에서부터 의료 시설까지, 모든 건 정부에서 지원한다.

그 안에서 장난질을 치는 거야 뭐 하루 이틀 문제가 아니다.

일반 병원에서조차도 그 지랄인데 국가에서 나오는 눈먼 돈에 누가 신경이나 쓰겠는가?

"하긴, 군대의 성향을 생각하면 당연한 거죠."

내부에 핵폭탄을 둘 것이냐, 아니면 내보낼 것이냐.

섣불리 보복하려니 새론이라는 빵빵한 존재가 있어 불가능하다. 새론에서 보복을 문제 삼아 국방부를 압박하기 시작하면 말 그대로 순식간에 관련자들의 모가지가 날아가니까.

"하지만 의사들 입장에서는 군의관 복무 기간이 날리는 시간이거든."

"맞습니다. 그렇게 느껴질 수밖에 없지요."

노형진은 그 말에 고개를 끄덕거렸다.

하지만 문제는, 그런다고 해서 없어지는 게 아니었다.

"다만 어떻게 그걸 감시하느냐는 건데."

누군가를 설득해 내부에서 감시하게 한다고 해도 스물네 시간 붙어 있을 수는 없다. 그러면 분명 문제가 생긴다.

하지만 노형진의 머릿속에는 이미 좋은 방법이 떠오르고 있었다.

"굳이 우리가 거기를 감시할 이유는 없지요."

"그게 무슨 말인가?"

"소미한 씨의 시신이 있는 곳을 열어 볼 일은 없으니까요."

노형진의 계획은 간단했다.

소미한의 시신이 안치된 곳에 접촉하면 자동적으로 발신하는 기기를 설치해 두자는 것.

사실 거기서 소미한의 시신을 꺼낼 이유는 없다.

애초에 시신은 자주 꺼낼 수가 없다.

상온에 노출되면 부패가 시작되기 때문이다.

그래서 부검할 때나 최종적으로 신분을 확인할 때가 아니면 시신은 밖으로 꺼내지 않는다.

"그리고 어떤 경우도 여기에는 해당되지 않습니다."

"그렇군."

지금은 오로지 소춘모에게 양도할 때를 제외하고는 소미한의 시신을 꺼낼 이유가 없다.

"무슨 뜻인지 알겠군."

물론 아무것도 없는 입구에 그런 걸 달 수는 없겠지만, 어차피 내부는 당겨서 여는 형태로 되어 있다.

즉, 열리는 순간 발신하도록 설치한다면 문제 될 게 없다.

"바로 그때가 사건을 뒤집을 타이밍이겠지요."

노형진은 확신하듯 말했다.

"만일 그들이 조용히 시신을 넘겨준다면?"

"뭐, 그러면 좋겠지요."

그러면 자신들은 정식으로 민간 병원에 부검을 부탁하고 부검 결과를 자연스럽게 경찰로 넘겨서 수사를 진행하면 된다.

군대의 사건은 군검찰이 맡도록 되어 있지만 피의자가 국방부가 되면 군검찰이 조사할 수 없게 되니까.

"하지만 조용히 줄 것 같지는 않네요."

노형진은 확신하듯 말했다.

강지호는 군의관으로 군대에 온 사람이었다.

물론 군대에 오고 싶은 마음은 없었다. 하지만 어쩔 수 없이 왔다.

사실 거기까지는 각오한 바였다. 누구나 가는 군대이고, 자신은 분명 일반 병사가 아닌 장교라는 특권을 가진 계층으로 배치될 테니까.

그러니까 딱 3년, 법에서 정한 기간을 지키고 나가려고 했다.

하지만 상황은 그런 강지호를 코너로 몰았다.

"중령님, 약값이 좀 이상합니다."

"뭐가 이상한데?"

"세트라드 정 같은 경우는 시중가가 한 알당 320원입니다. 그리고 알펜트라제 같은 경우는 한 병당 단가가 3,300원입니다. 그런데 여기 기록을 보니까 세트라드 정이 한 알당 1,450원 그리고 알펜트라제가 한 병당 8,500원입니다. 이건 말이 안 됩니다."

눈을 찡그리면서 말하는 강지호.

사실 그는 이 말을 하면서도 어느 정도는 각오하고 있었다.

다 같은 의사들이고 죄다 병원에서 인턴 생활을 한 사람들이다. 그런데 병원에서 쓰는 약의 단가를 모를 리가 없다.

더군다나 세트라드 정이나 알펜트라제 같은 경우는 신약

도 아니고 더 싼 복제약이 널린 오래된 약이다.

"이걸 복제약으로 바꾸면 못해도 80% 이상 단가를 낮출 수가…….'

어떻게 해서든 선배 군의관을 설득하려고 하는 찰나, 그의 얼굴이 왼쪽으로 팍 튀었다.

"어디 중위 찌끄래기 새끼가 목소리를 높여!"

"중령님?"

"입 닥치고 있어, 이 개새끼야."

자신을 향해 으르렁대는 중령을 멍하니 보던 강지호는 입술에서 흐르는 피 맛에 정신이 번쩍 들었다.

"너 연장 안 한다면서? 그러니까 조용히 입 닥치고 있다가 제대해. 알았냐?"

"하지만 이건…….'

"이건이고 나발이고, 넌 저기 병사들한테 빨간약이나 발라 주다가 그냥 나가라고. 뭔 소리인지 알아 처먹었냐?"

'개새끼.'

결국 아무런 말도 못 하고 나오는 강지호.

하지만 속에서는 분노가 치밀어 올랐다.

'밖으로 나가면 사람 취급도 못 받을 새끼가.'

밖으로 나가면 의사는 최소 억대 연봉이다.

그에 반해 중령 월급이라고 해 봐야 뻔하다. 그런데 그들은 여기에 남았다.

신념? 그런 게 있었다면 이런 식으로 약의 가격을 이용해서 뒷주머니를 채우지 않았을 것이다.

'실력도 없는 개새끼들이.'

그들이 군대에 남아서 장기를 하는 이유는 간단하다. 경쟁하지 않아도 되니까.

물론 신념이 있어서 병사들을 위해 남는 의사들이 없다는 건 아니다.

하지만 군대는 애초에 신념과는 전혀 상관없이 굴러가는 조직이다. 아무리 신념이 있어도 상급자의 명령에 무조건 복종해야 한다, 마치 그처럼.

그런데 군대는 실력이 없고 뻔뻔할수록 버티기 더 쉽다.

왜냐?

실력이 없으면 위로 못 올라가고 퇴출되는 게 아니라 오래 버틸수록, 그래서 연차가 올라갈수록 자연스럽게 승진하는 구조이기 때문이다.

물론 그게 마냥 나쁜 건 아니다.

하지만 그런 과정에서 제대로 된 사람들은 더러운 꼴을 못 참고 예편해 버리고, 실력은커녕 정치력밖에 없는 놈들만 남아서 승진한다는 게 문제다.

군대, 특히 의료 쪽은 실력이 기준이 아니라 복무 기간으로 승진시키기 때문에 벌어지는 일이다.

어쩔 수가 없는 게, 군대 입장에서도 의료 자원은 늘 부족

할 수밖에 없다. 그나마 어떻게 중위나 대위급은 의무 복무로 채울 수 있지만 대부분 의무 복무만 하고 나가 버리다 보니 그 이상은 답이 안 보여서, 그런 놈들이 남아서 버틸수록 승진하기 유리한 것이다.

"이 새끼들을……."

입술에 흐르는 피를 닦으면서 나오는 강지호.

그때, 그의 핸드폰이 울리기 시작했다.

-강지호 씨?

"누구십니까?"

-법무 법인 새론입니다.

"새론?"

-네. 혹시 군 제대에 관심이 많으십니까?

"제대라고요? 뜬금없이?"

-네, 물론 그냥은 못 나오실 겁니다만, 요즘 내부에서 고생이 많으시던데요.

그 말에 강지호의 눈동자가 흔들렸다.

사실 맞은 게 오늘이 처음이 아니다.

그는 잘못된 걸 고치고 싶어 했으니까.

그러다 보니 병원 내에서도 사람 취급도 못 받고 있는 상황이다.

"그래서 당신들이 도와주겠다 이겁니까?"

-기브 앤드 테이크라고 하지요. 저희를 도와주신다면 충

분히 도와드리겠습니다.

그 말에 강지호는 고민하기 시작했다.

사실 여기에 있으면서 더러운 꼴을 보는 게 고역이었다.

가장 고역인 것은 병사들을 살살 꼬드겨서 무슨 마루타 취급을 하는 다른 동기들이었다.

얼마 전에도 동료 의사 한 명이 병사 한 명에게 쌍꺼풀 수술을 해 줬는데, 그게 잘못되어서 눈이 안 감기는 상황이 벌어졌다.

착해서 그런 게 아니라, 나가면 성형외과를 열기 전에 연습한다고 병사를 일종의 실험용 마루타로 쓴 것이다.

본인이 해결할 수 없으면 당연히 외부 병원으로 보내야 하는데 그놈은 문제가 될까 봐 여전히 병사를 방치하고 있었다.

"좋습니다. 그러면 뭘 어떻게 해야 할까요?"

강지호는 강하게 마음먹었다.

여기서 더 이상 자신이 할 일은 없다고 말이다.

군대식 시신 은폐

시신을 없애 버릴 가능성.

사실 노형진은 그 가능성을 아주 높게 보지는 않았다.

다른 것도 아니고 시신이 사라진다는 건 심각한 문제다.

고문이나 기타 범죄를 국가에서 은폐할 때 가장 먼저 하는 행위가 바로 시신을 빼앗는 것이다.

그래도 그 선은 넘어가지 않을 거라고 믿고 싶었다.

아무리 국방부가 막장이라고 해도 말이다.

"우리가 잘못 생각한 것 같군. 자네 말마따나 장군들이란 존재는 북한에서 말하는 최고 존엄인가 보군."

삑삑 울리는 신호기. 강지호에게 말해서 미리 준비해 안에 숨겨 둔 신호기가 작동했다는 소리다.

지금 시간이 새벽 2시. 이 시간에 이게 울릴 이유는 전혀 없었다.

"피곤하게 생겼군요."

노형진은 눈을 문지르면서 자리에서 일어났다.

평소라면 자고 있을 시간이지만 오늘은 다른 업무 때문에 야근해야 했다.

하지만 지금 급한 건 그 다른 업무가 아니었다.

"아무래도 변론 기일을 변경 신청해야겠군."

"그래야 할 것 같습니다. 급한 건 이쪽이니까요."

김성식은 인터폰으로 바로 사람을 불렀다.

"당직 중인 경호 팀에 이야기해서 준비 좀 해 달라고 해요."

-네, 대표님.

그렇게 김성식과 노형진이 1층으로 내려가니 이미 두 대의 차량이 기다리고 있었고, 각 차량에는 운전자를 포함해서 두 명씩 경호원이 타고 있었다.

"제가 일단 앞서가겠습니다."

"그래, 알겠네."

김성식은 뒤쪽에 있는 차량에 올라탔고, 노형진은 앞쪽 차량에 올라타고 이동하기 시작했다.

"어디로 갈까요?"

"이 신호를 따라가죠."

신호기를 내비게이션과 연동해서 보여 준 노형진은 아직

시신이 병원에 있는 걸 확인했다.

"알겠습니다. 그러면 바로 움직이겠습니다."

경호 팀이 움직이기 시작하자 노형진은 눈을 문질렀다.

'무슨 일일까.'

갑자기 부검을 할 리는 없다.

그것도 이 시간에 할 가능성은 제로다.

'결국 시신을 탈취할 생각인가?'

가능성이 있기는 하다. 아니, 그거 말고는 답이 없다.

"좀 서두릅시다."

노형진의 말에 빠르게 움직이는 차량.

그렇게 한참을 가는 와중에 노형진의 핸드폰이 울리기 시작했다.

―노 변호사님, 저 강지호입니다.

"네, 어떻게 된 겁니까?"

아무리 노형진과 새론에서 빠르게 움직인다고 해도 근처에 있는 사람보다는 느릴 수밖에 없다.

노형진은 강지호에게 만일의 경우 자신들보다 먼저 추적해 달라고 했다.

시신에 추적 장치를 붙이는 건 현실적으로 불가능하고, 그 자체로도 고인에 대한 모독이 될 수도 있기 때문이다.

―그놈들이 소미한 씨의 시신을 꺼낸 것 같습니다. 제가 신호를 확인하고 안치실로 가 봤는데 비어 있습니다.

"역시 그렇군요."

―이제 어떻게 할까요?

노형진은 그 말에 잠깐 고민했다.

그러고는 이내 머릿속을 빠르게 정리했다.

"일단은 해당 차량을 조용히 따라가 주세요. 가능한가요?"

―비상을 걸면 바로 잡을 수 있습니다만?

아무리 병원이라고 하지만 군 병원이고, 당연히 경비 병력이 있다.

만일 여기서 비상을 건다면 그들은 나가지 못하고 잡혀 버릴 것이다.

"의문사의 가능성이 있는 사람의 시체가 사라진 건 절대 쉽게 넘어갈 일이 아닙니다. 그리고 아시죠, 군부대에서 그렇게 허술하게 차량을 관리하지 않는다는 걸. 그런데 그들은 이 야밤에 들어왔어요. 합법적으로 들어왔다는 거죠."

―아……

그 말은, 비상이 걸려도 합법적으로 나갈 수 있다는 소리다.

물론 차량 검문을 통해 시신을 발견할 수도 있다.

하지만 상대방은 장군 집단이다. 그들이 과연 이 사건을 덮지 못할까?

"안 봐도 뻔하지요. 착오다 뭐다 하면서 둘러댈 겁니다."

그리고 공식적으로 차량을 이용한 기록이 있으니 착오라고 할 수 있을 것이다.

─알겠습니다.

강지호는 노형진의 말대로 조용히 차량을 따라가기로 했고, 주기적으로 노형진에게 전화를 걸어서 그들이 움직이는 방향을 알려 줬다.

그렇게 40분쯤 죽어라 내달린 끝에 새론의 차량들은 의심되는 차량을 발견할 수 있었다.

사실 눈에 띌 수밖에 없었다. 군용 앰뷸런스였으니까.

─뒤에 따라가는 회색 SUV가 접니다.

"확인했습니다. 해당 차량 번호가 0000 맞습니까?"

─맞습니다.

"돌아가셔도 됩니다."

─네? 하지만 저들이 어디로 가는지도 모르는데요?

"저희가 붙어 있으니까 괜찮습니다. 일단 돌아가세요."

노형진의 말에 일단 강지호는 차를 돌렸다.

해당 차량은 자신들이 추적당하고 있다는 것도 모르는 채로 계속 고속도로를 내달렸다.

"어디로 가는 건지 모르겠군요."

계속 북쪽을 향해 내달리는 차량을 보면서 운전하던 경호원이 말했다.

"어딘가에 몰래 묻어 버리려는 걸까요?"

"그럴 수도 있지요."

군사 지역에 묻어 버리면 현실적으로 민간에서 시신을 발견하는 것은 불가능할 테니까.

"하지만 이해가 안 가는군요. 이렇게 되면 국방부가 엄청 곤란해질 텐데."

"뭐, 곤란하다고 해도 욕먹는 거 말고는 바뀌는 게 없잖습니까?"

딱히 처벌받을 만한 게 없다.

아마 기록에는 언제 사라졌는지 남아 있지 않을 테니까.

기록상으로 그녀의 시신은 여전히 안치실에 있을 것이다.

"개놈들."

"군대가 그렇죠, 뭐."

노형진은 멀어지는 차량을 보면서 눈을 찡그렸다.

'그런데 왜 하필 오늘일까? 그리고 어디로 가는 거지?'

그게 문제다. 왜 하필 오늘일까? 그건 알 수가 없는 일이다.

그때 갑자기 노형진의 핸드폰이 울렸다.

"네, 김 대표님."

바로 뒤에서 따라오는 김성식의 전화였다.

노형진이 핸드폰을 귀에 대자 그 너머에서 김성식의 목소리가 들렸다.

-노 변호사, 저들이 어디로 가는지 알겠나?

"아직 모릅니다. 다만 북쪽으로 가는 걸 보니 군사 지역에 들어가려는 것 같습니다. 그 안에 시신을 은폐하면 현실적으로 발견이 불가능하니까요."

-그것도 그렇기는 한데, 내가 방금 여기 경호원에게 이상한 소리를 들었어.

"이상한 소리?"

-자기 자대가 이쪽이라고 하더군.

"북쪽에 있는 부대가 한두 개가 아니지 않습니까?"

-하지만 전선에 넓게 퍼져 있지. 그런데 이쪽은 자기 자대가 맞다고 하더군.

"음, 그러면 예상대로 군사 지역에 시신을 유기하려고 하는 모양이군요."

노형진은 역시나라고 생각했다.

하지만 그다음 순간 생각지도 못한 말에 깜짝 놀랄 수밖에 없었다.

-아닐세. 내 생각에는 그것보다 더 심각할 것 같네.

"심각하다고요?"

-훈련마다 시기가 다 정해져 있지 않나? 그런데 경호원의 말대로라면 지금이 포사격 훈련 시기라고 하더군.

"포사격 훈련요?"

-그래. 이대로 쭉 가면 포사격 훈련장이 있다고 하네.

그 말에 노형진은 소름이 돋았다.

"진짜입니까?"

-그래. 포사격 훈련장이 많은 건 아니지 않나.

"설마……."

시신을 처리하기 위해서는 어떻게 해야 할까? 아마 보통은 땅에 묻어 버리는 걸 선택할 것이다.

하지만 그런 경우는 누군가 발견할 수도 있고, 조사가 진행되면서 누군가 묻어 버린 장소를 고발할 수도 있다.

하지만 포사격 훈련장이라면?

'시신이 남아 있을 리가 없지.'

한국은 국방부를 포방부라고 부를 정도로 포에 집착하는 편이다. 당연히 전 세계 수위권의 포의 양을 자랑한다.

문제는 땅은 좁은데 훈련할 장소는 많지 않다는 거다.

특히 포의 훈련 같은 건 어쩔 수가 없는 게, 일단 워낙 위력이 강해서 오발이라도 나면 수십 명씩 죽어 나갈 수 있다 보니 인가 주변은 무조건 피해야 하고 소음 문제도 피해야 한다.

그리고 훈련 시 발생할 수 있는 화재 등도 예방해야 한다.

실제로 포병들이 훈련하기 전에는 방화 작업이라 해서 해당 지역의 나무란 나무는 다 없애 버리는 작업을 하는데, 군 내부에서도 가장 힘들고 위험한 일 중 하나로 취급된다.

왜냐하면 포 훈련을 하는 곳은 대부분 깎아지를 듯한 위험 지역인 데다가 계속해서 포병 훈련이 이루어지니 재수 없이 불발탄이라도 터지면 이루 말할 수 없는 피해가 발생하기 때문이다.

그래서 여러 곳에 훈련장을 만들 수 없어서 이미 만들어진 훈련장은 계속 쓰이고 방화 작업을 할 때가 아니면 누구도 못 들어가게 한다.

"미친 새끼들⋯⋯."

과연 사람의 시신을 두고 거기에 포병이 계속 실사격 훈련을 한다면 시신이 온전히 남을까?

절대 그럴 리가 없다.

누군가 가서 찾아낸다는 것도 불가능하다. 말 그대로 뼛가루조차도 남지 않게 될 것이다.

설사 진실이 드러난다고 해도, 과연 조사대가 거기에서 제대로 조사할 수 있을까?

언제 어디서 불발탄이 터질지 모르는, 거의 절벽에 가까울 정도로 깎아지른 그런 곳에서?

수백 발의 포탄이 쏟아진 그곳에서?

'어떻게 할까?'

노형진은 앞서가는 차량을 힐끔 보았다.

물론 세우려고 하면 확실하게 세울 수 있다.

사고를 유발한다든가 하는 식으로 말이다.

그 후에 내부에서 소미한의 시신이 나온다면 아마 제법 시끄러울 것이다.

'하지만 그걸로 끝이지.'

군대 문제니까 또다시 군대에서 재판할 테고, 일종의 오류로 사건은 종료.

"그냥 두죠."

─농담하나?

"농담이 아닙니다. 지금까지는 개인의 일탈 수준으로 치부할 수 있는 상황입니다. 아마 지금 우리가 막아도 착오가 있었다는 식으로 커버할 겁니다, 언제나처럼."

─그렇다고 가만두자고?

"저들이 움직이는 것만 그냥 두자는 겁니다. 계획을 바꾸죠. 강지호 씨에게 양심선언을 좀 더 빠르게 시키는 겁니다."

─아, 새벽에?

"네."

그리고 거기에 시신을 버렸다는 양심선언이 터지면 이건 절대로 개인의 문제로 끝나지 않는다.

왜냐, 부대가 훈련한다는 것은 군사기밀이다.

즉, 내부에 포 훈련 계획을 누설한 누군가가 있다는 소리가 된다.

"다만 그게 사실일 경우에는요."

─아무래도 사실인 것 같은데? 창밖을 보게.

그 말에 노형진은 고개를 돌려서 창밖을 바라보았다.

그러고는 눈을 찡그렸다.

저 멀리 주변과 다르게 풀이라고는 한 포기도 찾을 수 없는 민둥산이 보였으니까.

그리고 분명 차량은 그곳으로 향하고 있었다.

"아무래도 서둘러야겠군요."

⚖

새론의 긴급 기자회견.

그건 사람들이 상당한 관심을 가질 수밖에 없는 일이었다.

새론이라는 곳의 성향을 생각해 보면, 흔해 빠진 일이나 정치적 이유로 긴급 기자회견을 하지는 않으니까.

말 그대로 긴급. 뭔가 비상 상황이 벌어진 경우에만 한다.

기자들은 연락받자마자 몰려들었고 미리 이야기를 들은 강지호는 심호흡을 했다.

"괜찮습니까?"

"뭐, 어쩌겠습니까? 이 엿 같은 군대, 더 이상 있기도 싫은데. 더러우면 제가 나와야지요."

강지호는 정복을 단정하게 하면서 말했다.

그가 정복을 입은 이유는 단순하다.

단순히 고발이 아니라 내부 고발, 즉 국방부의 비밀을 까발린다는 사실을 공식화하기 위해서다.

"걱정하지 마세요. 나오시면 저희가 확실하게 밀어드릴 테니까."

물론 그런 행동을 하고 나오면 일부 의사들은 강지호를 안 좋게 볼 수도 있다.

하지만 노형진과 새론이 뒤에 있다는 걸 알면서도 그와 적대하는 인간이 과연 있을까?

"하하하, 알겠습니다."

강지호는 애써 웃으면서 무대에 올라갔다.

기자들은 그런 그를 보면서 고개를 갸웃했다.

"누구야?"

"새로 온 변호사인가?"

"군 정복을 입고 있잖아? 변호사는 아니지."

"그럼 누구야?"

새론에서 기자회견을 한다고 해서 왔다. 그런데 뜬금없이 군인이 올라오니 당연히 이상하게 여길 수밖에 없다.

그런 기자들을 보면서 강지호는 차분하게 말했다.

"기자 여러분, 여러분들에게 한 가지 말씀드리고자 합니다. 혹시 여기 기자분들은 소미한 사건을 아십니까?"

"소미한 사건?"

그 말에 고개를 갸웃하는 몇몇 기자들.

하지만 일부는 안다는 듯 고개를 끄덕거렸다.

증거가 확실하지 않아서 취재하지는 않았지만 인터넷에 올라온 글은 봤으니까.

"그 20년 동안 시신을 돌려받지 못했다는 의문사 사건 말이야?"

"그거 국방부에서는 자살이라고 공식 발표했다며?"

"그거야 그렇지. 하지만 국방부 공식 발표를 어떻게 믿어?"

"하긴, 그것도 그런데."

"그런데 그걸 왜 이 새벽에?"

무려 20년 전에 벌어진, 진행 중인 사건이다.

딱히 다급할 것도 없는.

"저는 소미한 씨의 시신이 안치된 군 병원에 군의관으로 있는 사람입니다. 그런데 오늘 아침 소미한 씨의 시신이 신원 불명의 집단에 탈취되었습니다."

"신원 불명의 집단? 탈취?"

"잠깐! 그 말은 누군가가 군 내부에 들어가서 시신을 훔쳐 갔단 말입니까?"

"그렇습니다."

"이게 뭔 말이야?"

"이게 가능해?"

군대에 신원 불명의 집단이 들어간 것만 해도 심각한 문제인데 시신까지 탈취해서 도망갔다?

이건 내부의 도움이 없으면 절대 불가능한 일이다.

"그리고 익명의 제보에 따르면 해당 시신은 포천에 있는 포병 사격 훈련장으로 이송되었다고 합니다."

"그걸 왜 거기에……."

한 여기자가 이해가 안 된다는 듯 중얼거렸다.

하지만 군 생활을 해 본 남자 기자들은 바로 알아차렸다.

"포병 훈련장이면 시체가 남지도 않겠는데?"

"저는 이 사실을 알려야 한다고 생각했습니다. 아시다시피 군대의 훈련 일정은 철저하게 기밀입니다. 국방부 내부에서 서로 협조하지 않는 이상에야 이렇게 일정에 맞춰서 시신을 탈취하고 그곳으로 옮겨 갈 수는 없습니다. 애초에 사용된 차량도 군용 차량이고, 허가가 없으면 내부로 들어가는 것은 불가능합니다."

그건 틀린 말이 아니다.

군 병원이라고 해도 군대는 군대. 밤에는 낮보다 더 꼼꼼하게 차량을 통제한다.

낮에야 다니는 차량이 워낙 많아서 차량 번호만 적고 통과시키는 경우가 많지만, 밤에는 예정된 사안이 아니면 군사용 차량이라고 해도 쉽게 통과시키지 않는다.

안치실도 마찬가지다.

안치실은 아무나 들어갈 수 있는 곳이 아니다.

의사 정도나 되어야 그 안에 들어갈 수 있다.

당연히 거기로 통하는 길목에 군인이 있다.

그리고 시신의 출입은 모두 보고를 통해 이루어진다.

즉, 사전에 어떤 합의가 없다면 내부에서 시신을 빼돌리는 건 불가능하다.

"더군다나 사격 훈련장이라고 해서 지키는 군인이 없는 게 아닙니다. 도리어 더 삼엄하게 지킵니다."

당연한 거다. 아까도 언급했다시피 불발탄은 어마어마하게 위험하다. 그게 터지면 사방 수십 미터가 날아간다.

그런데 반대로 말하면, 불발탄은 터트릴 수만 있다면 그 자체로도 아주 훌륭한 폭탄이 된다는 소리다.

그래서 주기적으로 불발탄 제거 작업을 하는 것이고 말이다.

당연히 한밤중에 기록에 없는 차량이 들어갈 수 있는 공간이 아니다.

즉, 그 현장에 밤에 들어가기 위해서는 사전에 이야기가 되어 있어야 한다는 소리다.

"이는 국방부 내부에서 체계적으로 이루어진 사건 은폐입니다. 저는 군인이자 의사로서 양심을 걸고 이 사실을 세상에 알리기 위해 나왔습니다."

갑작스러운 양심선언에 기자들의 눈이 커졌다.

"그 말은, 국방부 내부에서 의문사를 감추기 위해 이런 걸 모두 조작했단 말입니까?"

"그건 모릅니다. 제가 시신을 직접 본 것도 아니니까요. 하지만 한 가지는 확실합니다. 이런 일은 국방부의 지휘가 없다면 절대로 이루어지지 않았을 일입니다."

그리고 그런 그의 말은 아주 빠르게 언론의 1면을 장식하기 시작했다.

포천의 한 포대. 그곳에서 상동하 포대장은 심각한 얼굴을 하고 있었다.

원래 오늘은 그의 포대의 실사격 훈련이 있는 날이었다.

그래서 아침부터 미친 듯이 움직이고 뛰고 빠르게 훈련 위치로 이동했다.

훈련 중에는 뉴스를 보거나 할 시간도 없었기에 그들은 세상에 난리가 났다는 사실을 몰랐다.

그저 일정대로 사격 준비를 했을 뿐이다.

"전 포대, 사격 준비!"

막 포사격을 하려고 하는 그때였다. 갑자기 하사관 한 명이 다급하게 달려오는 게 보였다.

"포대장님! 포대장님! 멈추셔야 합니다!"

"김 상사님, 왜 그러십니까?"

막 사격을 명령하려던 상동하는 다급하게 달려온 김 상사에게 어리둥절한 얼굴로 물었다.

김 상사는 숨을 헐떡이며 핸드폰을 내밀었다.

"이거 보세요. 오늘 새벽에 속보로 올라온 겁니다."

"속보로?"

"네. 우리는 새벽에 출동하는 와중이라 몰랐지만, 난리가 났습니다."

상동하는 김 상사에게서 핸드폰을 받아 들어 화면에 띄워진 뉴스를 살폈다.

그의 얼굴이 삽시간에 딱딱하게 굳었다.

"이게 사실입니까?"

어젯밤 신원 불명의 사람들이 의문사 시신을 포사격 지점에 두고 갔다는 기자회견. 그리고 하필이면 오늘 사격하는 사람들은 자신의 포대였다.

"이거 이대로 발포하면 난리가 납니다."

"아니, 이걸 어떻게……."

정신없는 와중에 핸드폰을 볼 틈이 없었으니까.

당연히 김 상사도 몰랐어야 정상이다.

"아침부터 아들놈이 미친 듯이 전화했습니다."

비록 어디서 훈련하는지 같은 건 비밀이지만 당일 훈련으로 외박해야 한다는 건 가족들이 알아야 하고, 김 상사가 포병부대에 속해 있다는 것도 알고 있으니까.

"바빠 죽겠는데 전화가 수십 통이 오니까……."

아무리 바빠도 사람이 그렇게 미친 듯이 전화하면 안 받을 수가 없다.

혹시나 사고가 났거나 그런 경우일 수 있으니까.

"그리고 이 소식을 전해 준 겁니다."

"으음……."

그 말에 상동하는 침을 꼴깍 삼켰다.

만일 여기서 발포를 했다면?

'재수 없으면 같이 엮인다.'

아니, 엮이는 게 문제가 아니다.

군대라는 특성상 상부는 몰랐다는 식으로 빠져나가고 자신만 꼬리 자르기의 대상이 될 수밖에 없다.

"일단은…… 잠깐 대기."

막 대기를 명령하는 그때, 갑자기 상동하의 핸드폰이 울렸다.

받아 드니 낯선 번호가 떠 있었다.

"누구십니까?"

─나, 박열상 준장이다. 지금 포사격 훈련 중인가?

"충성! 그렇습니다."

뜬금없이 다른 사람도 아닌 부대 지휘관인 준장이 전화하자 상동하는 기겁했다.

─그런데 왜 포사격 훈련 소리가 안 들려?

그 질문에 상동하는 소름이 돋았다.

'내부에 누군가 심었구나.'

상식적으로 이 주변에 박열상 준장이 있을 리가 없다. 이 근처에 사령부 같은 건 없으니까.

거기다 참관하기 위해 왔다면 여기에 직접 오지 주변에 숨어 있을 이유가 없다.

그런데도 아직 발포하지 않았다는 걸 안다? 그 말은 부대 내부나 주변에 누군가를 심어 놨다는 소리다.

'모르고 발포했으면 내가 다 뒤집어썼을 게 분명하다.'

이 뉴스가 사실이라는 하나의 반증이었고, 상동하 입장에 서는 아주 심각한 문제였다.

-왜 대답이 없어!

"지금 막 방열했습니다."

-전 포대, 즉각 발포하도록.

"잘 못 들었습니다?"

-발포하라고! 발포! 알았어? 당장 발포해!

그 말에 상동하는 눈을 찡그렸다.

그럴 수밖에 없는 게, 고작 포병대대인 자신들에게 준장이 직접 전화해서 발포를 명령할 이유가 없기 때문이다.

한 가지 이유만 빼면 말이다.

상동하는 직감적으로 여기서 낚이면 인생 조진다는 걸 알아차리고는 슬쩍 녹음 기능을 켰다.

"바로 발포하라는 말씀이십니까?"

-그래, 발포하라고.

"알겠습니다. 바로 발포하도록 하겠습니다."

-귀관의 부대의 실력을 보겠네.

"충성!"

그렇게 전화가 끊어지고 나자 상동하는 긴 한숨을 내쉬었다.

옆에서 듣고 있던 김 상사는 얼굴이 사색이 되었다.

"설마 진짜로 발포하시려고요?"

"미쳤습니까? 이 뉴스를 보고도 발포하면……."

물론 명령에 따랐다는 말로 벗어날 수 있을지도 모른다.

하지만 그랬다가는 사회적으로 매장될 것이다.

"저 어차피 ROTC 출신입니다. 슬슬 제대하려고 하고 있었는데 사회적으로 매장되고 싶지는 않습니다."

그는 쓰게 웃으면서 명령을 바꿨다.

"전 포대, 사격 취소. 장약이랑 다 빼."

그렇게 아슬아슬하게 사격은 취소되었다.

그리고 그 시각, 기자들이 포사격장으로 몰려들고 있었다.

⚖

심대유는 주먹을 꽉 쥐었다.

그러고는 책상을 있는 힘껏 내려쳤다.

"내가 쏘라고 시키라고 했잖아!"

"그게, 현장 지휘관이 소식을 듣고 사격을 중지시켰습니다."

"씨팔. 어디 대가리에 피도 안 마른 새끼가 감히 상부의 명령을 무시해!"

심대유는 눈이 돌아갔다. 그의 머리로는 고작 위관급 따위가 장군의 명령을 거부했다는 걸 이해할 수 없었다.

하지만 현실적으로 보면 군부대에서는 현장 지휘관의 지휘가 우선시되는 경우가 많다.

아주 특수한 경우가 아니라면 말이다.

가령 고지 하나 점령하라고 명령을 내리는 거야 장군이 마음대로 할 수 있겠지만, 그 고지를 점령하고 있는 건 1개 연대인데 공격하는 쪽은 1개 소대라면 돌격하는 놈이 병신이다.

그때는 차라리 후퇴하거나 지원을 기다리는 게 맞다.

하지만 오랜 시간을 장군으로 살아오면서 지배자로 살았고 국회의원이 되어서 자신이 누구보다 우월하다고 생각하고 있던 심대유는 그런 명령 거부를 받아들일 수가 없었다.

애초에 받아들일 상황이 아니었다.

그로 인해 결국 최악의 사태가 벌어졌으니까.

포병대 표적 정중앙에서 발견된 의문사 시신

20년 전 의문사 사건, 과연 범인은 누구인가?

국방부, 이번 사건 관련해서 국방부 관계설은 사실무근

일이 더럽게 꼬였다. 한두 명이 관련된 거라면 모르지만 국방부 전부가 관계되어 버렸다.

차량을 배치하는 곳, 차량을 보내 주는 곳, 그리고 군 병원과 해당 사격장을 관리하는 부대까지 한두 곳이 엮인 게 아니라서 중간에 꼬리를 자르는 건 불가능해져 버렸다.

해당 사격장을 관리하는 놈이 자기네 사람이었다면 어떻게 기자들의 진입을 막을 수 있었을지 모르지만, 하필이면 그것도 아니었다.

하긴 애초에 그런 사격장을 관리하는 보직에 발령받았다는 것 자체가 부대 내부에서도 승진 가능성 없는 일종의 '너 나가라.'라는 의미나 마찬가지였고, 서로 비밀을 공유하고 알게 모르게 끌어 주고 당겨 주던 자신들이 거기에 배치될 이유는 없었다.

어차피 나갈 예정이었던 그곳을 관리하던 부대장은 엿 먹으라는 심정이었던 건지 직권으로 진입을 허가했고 추후 있을 모든 훈련을 취소시켜 버렸다.

그 결과, 포격 지점 정중앙에서 흙으로 살짝 덮여 있던 소미한의 시신이 발견되고 말았다.

"젠장, 시신은 돌려주면 안 되는 건데."

차라리 산에 묻어 버리거나 소각 처리했어야 했다.

하지만 이제 와서는 방법이 없었다.

"어떻게 해서든 사건을 덮어야 하는데."

심대유는 그 어느 때보다 두려움이 몰려들었다.

하지만 이제 와서 시신을 다시 빼앗아 올 수는 없는 노릇.

"어쩔 수 없습니다. 모르쇠로 일관하시죠."

"그래, 누가 죽였는지는 알 수가 없으니까."

사건이라는 건 시신만 있다고 해결되는 게 아니다.

시신이 없으면 사건도 없다는 게 법률계의 주요 사항 중 하나지만, 시신이 있다고 해서 사건이 100% 해결되는 건 당연히 아니다.

이미 관련된 모든 사건 기록과 조사 기록은 조작되어 있고, 그러한 조작을 기반으로 아무리 조사해 봐야 누가 폭행했는지 알아낼 수는 없다.

더군다나 가해자는 군인이 아니라 그들의 와이프였기 때문에 그들만 입을 다물면 아무도 진실을 알아내지는 못한다.

그리고 20년 전 사건인 이상 사람들의 기억도 흐릿할 테니 그걸 기억의 착란이라고 하면 그만이었다.

"국방부를 방패로 내세우면 됩니다."

장군들의 주특기. 그건 전략이나 전술이 아니라, 불리하면 국방부를 방패로 내세우는 거다.

대충 수사한다고 꿈지럭거리다가 사람들이 잊어버릴 때쯤해서는 그냥 증거 불충분으로 종결 처리하는 것.

그러면 국민들은 '국방부가 국방부 했네.'라는 말 말고는 할 수 있는 게 없다.

"그러면 되겠지. 일단 관련자들 입 닥치게 해, 무조건."

"알겠습니다."

"그리고 그 노형진이라는 변호사…… 후우…… 이대로 놔둘 수도 없고."

보복하자니 역으로 보복당하면 자기 인생 조지는 짓이라는 걸 알고 있는 심대유는 한숨을 쉬는 것 말고는 할 수 있는게 없었다.

국방부는 몸빵용?

"어떻습니까?"

대룡병원. 노형진은 그곳에 부검을 맡겼다.

일단 공신력이 있어야 하고 조작의 가능성이 없어야 하는
만큼 대룡병원처럼 확실한 곳은 없었다.

"일단 부검 결과, 사인은 폭행으로 인한 뇌출혈입니다."

"폭행으로 인한 뇌출혈요?"

"네."

부검의의 발표에 기자들의 눈이 커졌다.

그건 국방부에서 발표한 사인과는 너무나도 달랐으니까.

국방부에서 발표한 사인은 자살 시도로 인한 익사.

그런데 폭행으로 인한 뇌출혈이라니.

"확실한 겁니까?"

그 말에 의사는 짜증 난다는 듯 기자를 노려보았다.

하긴, 대학교수급 박사한테 확실하냐고 물어본다는 게 무슨 의미겠는가? 너 못 믿는다는 말이다.

그러자 그 시선을 받은 기자는 움찔했다.

기자도 권력자 중 한 명이지만, 일개 기자와 대형 병원 의사의 권력을 비교하면 의사 쪽이 좀 더 강하니까.

"아니, 그러니까 제 말은, 국방부에서는 이 사건을 이미 익사로 발표했는데 아니라고 하시니까……."

"일단, 익사가 아닌 증거는 너무 확실해요. 폐에 물이 없습니다."

"폐에 물이 없다고요?"

"익사라는 건 폐에 물이 차서 숨을 쉬지 못해서 죽는 걸 말합니다."

폐에 물이 들어가면 특수한 의학적 처리를 하지 않는 이상 그 안에 있는 물을 빼낼 수 없다.

오죽하면 폐수종이라고 해서 몸 자체에서 생기는 물조차도 빼내지 못해서 죽는 질병까지 있다.

"만일 익사였다면 아무리 시간이 지났다고 해도 물이 남아 있어야 합니다."

"하지만 20년이나 지났지 않습니까? 그 안에 증발한다거나 하지 않았을까요? 냉장고에서도 시간이 오래 지나면 음

식물이 막 말라비틀어지지 않습니까?"

"흠……."

의사는 다시 한번 질문을 던진 기자를 바라보면서 말했다.

"기자 양반, 왜 냉동 인간이 현대의 기술로 불가능하다고 생각합니까?"

"네?"

그 말에 어리둥절한 표정이 되는 기자.

하지만 다음 말에, 의사가 왜 그런 질문을 던졌는지 이해가 갔다.

"물이 얼어붙으면 세포가 손상되기 때문입니다. 만일 20년 동안 물이 사라진다고 해도 세포의 손상 흔적은 어쩔 수가 없지요."

세포 자체가 가진 수분으로 돌이킬 수 없는 상처가 생기는데, 익사로 인한 수분이 아무런 피해도 끼치지 않고 사라지는 게 가능할까?

"애초에 폐에는 물이 없었습니다."

"익사 이후에 뇌출혈이 발생할 수는 없지요?"

"불가능합니다. 뇌출혈로 인해 사망이 발생한 후에는 호흡도 멈추니까요."

당연히 호흡이 멈추면 폐에 물이 들어가지 않는다.

"그리고 몸에 생긴 멍과 흔적이 그쪽 주장과 많이 다르더군요."

"많이 다르다는 건 무슨 소리죠?"

"그쪽은 그 멍이 교통사고로 인해 생겼다고 발표한 모양인데, 우리가 보기엔 교통사고로 인해 발생한 흔적이 아니란 말입니다."

멍은 타격당한 위치와 충격에 따라 다양한 형태를 띤다.

그런데 교통사고일 경우 자연스럽게 충격이 전면으로 향하게 된다.

"일단 사건 기록을 보면 안전벨트를 한 상태로 익사한 것으로 되어 있습니다. 그런데 안전벨트를 했다면 멍이 이렇게 몸을 가로질러서 사선으로 생겨야겠지요."

사진의 왼쪽 어깨에서 오른쪽 아래로 쭉 긋는 의사.

"하지만 흔적으로 보면 멍은 온몸에 생겼습니다. 심지어 사망 사고와 관련이 없는 두피와 등에도 생겼지요."

"그게 무슨 소리죠?"

"그런 흔적은 집단 구타 시에 많이 발생합니다."

"집단 구타?"

"네. 상대방이 훈련받은 군인이라는 점을 생각하면 그것 말고는 생각할 게 없군요."

아무리 여군이 남군에 비해 훈련의 강도가 약하다곤 해도 군인은 군인이고, 상대가 한두 명이라면 제압하거나 도주할 수 있었을 것이다.

하지만 그런 흔적이 아니라 온몸에 거의 동시에 발생한 듯한 구타의 흔적이 남아 있다?

"그 말은?"

"소미한 중위의 사인은 집단 구타로 인한 뇌출혈입니다. 아마도 운전 중에 뇌출혈로 사망하여 차량이 다리 아래로 추락한 듯합니다."

그 말에 기자들의 눈이 커졌다.

"그러면 국방부의 발표는?"

"다 거짓말이라는 소리죠."

부검의의 말은 전국을 뒤흔들었다.

"하지만 그걸 또 제대로 이야기할 리가 없죠."

"하, 진짜 기가 막히는군. 자네 말마따나 장군이라는 놈들은 군대에서 진짜 최고 존엄이라도 되는 건가?"

"아마 어떤 면에서는 대통령 그 이상일 겁니다. 자기들 마음에 안 드는 대통령이 당선되면 은근슬쩍 명령도 안 따르는 게 군대니까요."

의문사 조작 사건. 그로 인해 사람들은 분노했다.

그리고 그 이후에 국방부에서 한 발표는 너무나도 예상대로였다.

충실히 조사하겠다, 그리고 최선을 다해서 진실을 밝히겠다.

언제나처럼 예상대로인 정석적인 답변.

하지만 내부에 사람을 두고 감시하는 노형진과 새론에는 전혀 다른 이야기가 들려오고 있었다.

"그 당시 관련자들은 입을 꾸욱 다물고 있고 소환도, 조사도 안 한다는군."

"그러겠지요. 그 당시 관련자들이 그다지 많지 않을 테니까."

이번 시신 탈취 사건과는 달리 그 당시 관련자들은 그다지 많지 않다.

사실 제대로 확인한 건 부검의 정도다.

시신을 이송했던 병사는 뭘 알 만한 입장이 아닐뿐더러, 발표했던 사람들은 그 부검의가 이야기해 준 대로 전달한 것뿐이니까.

그렇다고 해서 위에서 압력을 가했던 사람들이 외부에 드러난 것도 아니다.

"그 당시 의사는 찾았습니까?"

"찾았네. 그런데 손댈 수가 없어. 그놈도 장군이더군."

"네? 장군요?"

"그래, 준장이더군. 더 웃긴 게 뭔지 아나? 그놈 소속이 어디일 것 같아?"

"설마."

"자네 예상이 맞아. 그 병원장이야."

노형진은 그 말에 눈을 찡그렸다.

그럴 수밖에 없는 게, 이번 사건이 벌어진 병원의 병원장이 사건의 당사자라면 사건이 모두 조작되어 있다고 봐도 무방하기 때문이다.

거기다가 하필이면 그 병원이라니.

"권력이 어마어마하겠군요."

"장군 수십 명이 끌어 주고 당겨 주는데 못 올라가는 게 이상한 거지."

노형진이 이렇게 걱정하는 이유는 간단하다.

그 병원은 병원이지만 동시에 권력 집단이라고 봐도 무방하기 때문이다.

그 증거로, 그 병원은 공식적으로 대통령과 국가 주요 인사의 치료 병원이다.

물론 국가에서 대통령에게 주치의를 붙여 주는 건 가능하지만 주치의는 평소의 신체 상태나 만성질환 등을 봐줄 수는 있어도 질병으로 인한 긴급수술 같은 것까지 해 줄 수는 없다.

그럴 때 사용되는 장소가 바로 그 병원이다.

공식적으로 대통령과 국무총리 그리고 장차관급 군 정상의 진료를 담당하는 곳이 바로 그 병원이다.

그렇기에 말로는 병원이라지만 권력의 핵심에 가장 가까이 다가가 있는 곳이기도 했다.

"아주 작정하고 끌어당겨 준 모양이군요."

"그러겠지."

하긴, 그 정도 사건을 덮어 줬는데 군의관이라고 자신만 승진하지 못하면 배신했을 수도 있으니까.

"실수했네요."

직접적 관련자들, 그러니까 그 폭행에 함께한 사람들의 남편들만 생각했는데 생각해 보니 군의관이라고 해서 거기에 끼어들지 못할 이유는 없다.

'그리고 부검 같은 걸 국방부에서 단기로 들어온 군의관에게 맡길 리가 없지.'

비밀이 많고 의문사가 많은 국방부다.

그곳에서 사실대로 말할 가능성이 있는, 컨트롤이 안 되는 단기직 의사들에게 사건을 맡길 리가 없다.

그러니 장기를 원하는 사람에게 할 테고, 승진이라는 조건을 단다면 그런 조작을 해 주는 건 어려운 일이 아니었을 것이다.

"그 당시 기록을 확인해 봤지만 제대로 된 조사 기록은 전혀 없더군."

김성식은 얇디얇은 서류철을 넘기며 말했다.

그 당시 국방부의 사고 조사 기록이었다.

"이건 대놓고 자살로 작정하고 조서를 꾸몄다고 봐도 될 정도야."

그리고 워낙 조사 내용 자체가 없어서 이제 와서 그걸 가지고 조사하는 건 불가능하다.

"일단 다리도 오래되었고 차량도 이미 폐차 처리된 지 오래고."

물론 그런 게 설사 남아 있다고 해도 이게 살인이라는 증거는 되지 않는다.

부검에 따르면 운전 중 사망으로 인해 추락한 건데, 그건 자살 추락과 흔적이 그다지 다르지 않을 테니까.

"아마 범인들은 국방부를 방패 삼아서 싸울 겁니다."

"그러겠지."

원래 이런 범죄는 드러나면 국방부가 나설 게 아니라 장성급을 조져야 한다. 범죄 발생 시에 잘못한 건 조직이 아니라 그 당사자니까.

하지만 대한민국에서 권력자들이 처벌 대상에서 벗어나는 가장 흔한 방법이 바로 방패막이로 조직을 내미는 거다.

물론 시스템적인 문제로 인해 발생하는 범죄라면 당연히 시스템을 고쳐야 한다.

하지만 그렇지 않다면, 그건 조직의 문제가 아니라 개인의 범죄가 되어야 한다.

가령 택시 운전기사가 탑승객이 잃어버린 핸드폰을 몰래 팔아 버린다면 그건 택시 회사의 잘못이 아니라 그 택시 운전사의 잘못이다.

"하지만 국방부는 자기들을 몸빵으로 세우죠."

장성을 보호하기 위해 자신들이 나서서 욕먹는다.

"하긴, 대부분의 범죄에서 사람들은 국방부를 욕하지 범인을 욕하지는 않지."

국방부는 국가 기밀을 누설하거나 수백억의 뇌물을 받은 범죄자에 대해 생계형 범죄라고 주장하는데, 현실적으로 그건 말도 안 된다.

그럼에도 불구하고 그런 주장을 하는 이유는 간단하다.

"장군에게 쏠린 이목을 국방부로 끌어서 커버 치려고 하는 겁니다."

"자네도 종종 써먹는 방법 아닌가?"

"맞습니다. 그리고 그런 경우, 대부분의 사람들은 그에 넘어가죠."

국방부에서 어그로를 끌면 사람들의 시선은 국방부로 향한다. 그리고 그사이에 당사자들은 슬쩍 넘어가게 된다.

국방부는 시간이 지나고 잊히면, 사건을 흐지부지 처리하면 그만이다.

"국방부라는 조직은 특성상 그다지 칭찬받기 쉬운 조직이 아니니까요."

대한민국 남성의 인생을 빼앗는 조직.

그리고 그 안의 범죄를 은닉하는 조직.

그게 국방부와 군대의 사람들에 대한 인식인데, 좋은 일을 한다고 해서 나아질 리는 없다.

"어차피 먹는 욕이라는 건데……"

그러니 분명 어떤 식으로든 어그로를 끌고 장군들을 보호하려고 할 것이다.

"일단은 기다려 보죠."

"기다리자고?"

"네. 그들이 어그로를 끄는 만큼 우리도 방어책이 있으니까요. 사실 카운터 칠 수 있습니다."

"카운터라고 말하는 걸 보니 진짜 자신 있나 보군."

"자신 있습니다. 이건 절대 국방부로 어그로가 못 튑니다, 후후후."

⚖

얼마 후 국방부에서는 황당한 발표를 했다.

사람들은 국방부에서 조사를 통해 이번 사건에 대해 발표를 할 거라고 예상하기는 했지만 이런 황당한 발표를 할 줄은 전혀 상상하지 못했다.

"조사 결과, 해당 부검은 그 당시 부검의가 과도한 업무로 인해 극도로 피곤한 상태에서 실수한 것으로 드러났습니다."

"그 말은 은폐의 고의가 없었단 말입니까?"

"그렇습니다. 그 사건에 대한 은폐의 시도는 없었으며, 단순 과로로 인한 실수였습니다."

'웃기고 자빠졌네.'

뒤에서 그 말을 듣고 있던 노형진은 비웃음을 날렸다.

아무리 피곤하다고 해도 맞아 죽은 것과 익사도 구분하지 못한 건 심각한 문제다.

그나마 뇌출혈 같은 건 그나마 이해라도 할 수 있다.

뇌는 예민한 부위이고 워낙 많은 혈관이 있어서 실수로 놓칠 수도 있으니까.

하지만 온몸에 나 있는 멍을 교통사고 흔적으로 착각한다?

그건 헛소리다.

'뭐, 그럴 거라 생각했다.'

사실 그다지 놀랍지는 않았다.

그들은 어떻게 해서든 사람들의 시선을 국방부로 돌리려고 할 텐데, 이것만큼 국방부로 시선을 돌릴 만한 방법은 없을 테니까.

'당분간은 미친 듯이 국방부를 성토하겠지.'

군대가 군대 했네, 뭐 그런 말로 며칠 펄펄 끓다가 시간이 지나면 끝나기를 기대할 것이다.

"그러면 질문 받겠습니다."

국방부 대변인이 그렇게 말하자 몇몇 기자들이 손들고 질문을 던졌다.

하지만 국방부 대변인은 조사 중이라고, 아직 드러난 게 없다고 계속 답변을 뱅뱅 돌리기만 했다.

그렇게 한참 의미 없는 질문만 오갈 때였다. 노형진이 손을 번쩍 들었다.

그러고는 미리 준비한 메가폰을 입에 대고 소리를 꽥 질렀다.

―피해자 측 변호사인 노형진입니다! 질문 있습니다!

갑자기 메가폰까지 들고 질문을 던지자 다들 노형진을 바라볼 수밖에 없었고 순식간에 주변이 조용해졌다.

국방부 대변인은 그런 노형진을 보고 침을 꿀꺽 삼켰다.

'돌겠네.'

사실 이 기자회견에는 기자만 받으려고 했다.

하지만 노형진이 갑자기 난입해서 피해자 변호사도 안 받아 주면 그게 무슨 기자회견이냐고, 여전히 사건을 조작하고 은폐하려고 정해진 사람만 받는 거 아니냐고 물고 늘어지는 바람에 입장이 곤란해졌다.

그 상황에서 노형진의 입장을 거부하면 기자들은 자신들의 말이 아니라 노형진의 말대로 여전히 사건을 조작한다고 글을 올릴 가능성이 크기 때문이다.

그래서 울며 겨자 먹기로 어쩔 수 없이 노형진을 안으로 들인 것이다.

"질문은 기자들만……."

애써 말을 돌리려고 했지만 불행히도 그렇게 모든 시선이 쏠린 상황에서 노형진이 던진 말은 굉장히 임팩트 있는 것이었다.

"그 당시 부검의가 현재 대통령 전담의를 하고 있다는 게 사실입니까?"

"뭐?"

"이게 뭔 소리야?"

"대통령 전담의라니?"

눈이 커지는 기자들. 그리고 일부는 눈에 광기가 돌기 시작했다.

'미안합니다, 각하.'

사실 현 대통령은 개혁 주의자고, 언론의 대다수는 그런 개혁을 좋아하지 않는다.

다만 저항하고 싶어도 노형진이 철저하게 밟아 놔서 헛소리는 하지 못하고 입 닥치고 있을 뿐이다.

'근거가 있어야 그걸 기사화할 수 있다.'

그게 현재 법의 규정이다. 노형진은 그 규정의 약점을 누구보다 잘 알고 있었다.

"아니, 그건……."

"혹시나 해서 그러는데, 이 사건의 은폐에 청와대가 관련되어 있습니까?"

"네에?"

그 말에 대변인의 눈이 엄청나게 커졌다.

국방부의 최고 존엄은 장군이지만 법률상 최고 지휘관은 대통령이다. 그런데 대통령은 동시에 민간인이다.

'내가 이렇게 물고 늘어지면 상황이 좀 달라지지, 후후후.'

근거가 없다? 그러면 노형진이 근거가 되어 주면 된다.

더군다나 자신은 현재 대통령의 자문 위원 중 한 명.

현 대통령과 대립각을 보이는 것만으로도 언론에서 무시할 수 없는 위력이 나온다.

"조사 결과, 그 당시 부검의가 현 대통령의 주치의라······ 그것도 한국에서 흔하지 않은 장성급 의사라는 게 말이나 됩니까?"

노형진은 그냥 막 던졌다.

하지만 어떻게 해서든 엮고 싶은 기자들은 그걸 마구 뉴스로 날리기 시작했다.

'나중에 가면 낚인 걸 알겠지만.'

사실 그가 주치의가 된 건 이번 대통령이 아닌 홍안수 때다.

그리고 군 내부에서 의학 쪽은 워낙 인원이 부족해서, 어지간한 잘못을 저지르지 않는 한 자르지도 못하는 게 현실이다.

어느 정도냐면, 군의관 중 한 명이 불륜으로 걸린 적이 있다.

그 당시 한국에는 간통죄가 있었기 때문에 그 군의관은 간통죄로 처벌받기까지 했다.

현실적으로 일반 장교였다면 장교의 명예를 해친 것이기 때문에 불명예제대를 당했어야 정상이다.

하지만 고질적인 군의관 부족 현상 때문에 그는 처벌은커녕 도리어 승진하고, 심지어 나중에 이혼하고 그 간통녀와 부대에서 결혼하는 모습까지 보여 줬다.

그 정도로 군의관의 숫자는 부족하다.

'그러니 전임 대통령이 임명한 주치의라 해도 특별한 잘못이 없는 한 자를 수가 없지.'

막말로 병원장이 되려면 못해도 외부에서 대학 병원 교수급은 되어야 하는데, 그런 사람들은 밖에 나가면 최소 4~5억은 받는다. 그런 사람들이 고작 몇천 받고 군대에 있으려고 하겠는가?

그러니 특별한 흠이 없으면 그냥 유임시키는 게 보통이다.

더군다나 정권이 바뀌었다고 해서 장군급을 모조리 모가지를 쳐 버리면 군 내부의 혼란이 극심해지기 때문에 특별한 정치적 성향을 강하게 보이거나 큰 문제가 있지 않은 한 보통 장군급들은 유임시킨다.

'하지만 내가 먼저 입에 담았으니 이야기는 달라지지.'

현직 대통령 담당 의사, 그리고 그가 벌인 사건 은폐.

기자들이 얼마나 좋아할 주제인가.

"그건 이번 사건과 관련이 없습니다."

"없다고요? 이 지경인데?"

이제 기자들은 누구도 질문을 던지지 않았다.

그저 노형진의 입만 바라보고 있었다.

새로운 떡밥, 새로운 정보, 그들은 자신들이 현 정권을 물어뜯을 수 있는 건더기를 원하고 있었다.

"제보에 따르면……."

노형진이 입을 열자 침을 꿀꺽 삼키는 기자들.

그런 기자들이 들은 이야기는 실로 충격적인 것이었다.

"제가 듣기로는 이 사건의 관련자들이 얼마 전 승진한 것으로 알고 있습니다만, 이게 거짓말이라고요?"

"뭐…… 뭐라고요?"

"뭐, 확실한 제보는 아니라서 자세한 내용은 공개 못 합니다만 제보 내용은 그렇더군요. 해당 사건에 관련된 자들이 이번 정권에서 모두 승진했다고."

"아니, 누가 그럽니까?"

"지금 내부 고발자를 색출하는 겁니까? 그러고 보니 얼마 전에도 군 내부 고발자를 처벌한다고 군의관 한 명을 보직 해임시켰던데."

국방부의 대변인은 그 말에 어쩔 줄 몰라 했다. 자신은 모르는 일이니까.

사실 전달자일 뿐인 국방부 대변인으로서는 당연한 거다.

'하지만 그렇다고 해서 내가 완전히 거짓말한 건 아니거든, 후후후.'

물론 내부 고발자 같은 건 없다.

하지만 승진했다는 건 사실이다.

왜냐, 정권이 바뀌고 나서 장성급에 피바람이 불었으니까.

수많은 장성들이 옷을 벗고 예편했고, 쿠데타와 관련해서 해당 부대 사람들과 조금이라도 연관이 있으면 어쩔 수 없이 나가야 했다.

　당연히 비어 버린 자리는 누군가는 채워야 했고, 그 당시
에 어마어마한 숫자의 장성들이 탄생하고 승진했다.

　하지만 기자들의 귀에는 이번 정권에서 사건을 감추기 위
해 대거 승진시켰다고 들릴 것이다.

　아니, 그렇게 들리기를 원할 것이다.

　그런 만큼 그들의 기사 내용은 뻔했다.

　"그건 아닙니다."

　"어떻게 그게 아니라는 말이 나오죠?"

　"네?"

　"저야 내부 고발자의 도움으로 해당 사실을 알았다고 하지
만 지금 대변인께서는 몰라야 정상 아닙니까? 그런데 '모릅
니다.'가 아니고 '아닙니다.'? 혹시 알면서도 은폐를 위해 수
사를 뭉그적거리고 있는 겁니까?"

　"아니…… 그게……."

　말실수에 꼬투리까지 잡힌 대변인은 진땀을 흘리다가 다
급하게 단상에서 내려왔다.

　"오늘 기자회견은 여기까지입니다."

　그리고 도망치듯 떠나는 국방부 대변인.

　그런 그의 뒤로 기자들이 떼거리로 달라붙었다.

　"그 말이 사실인가요?"

　"현 대통령과 어떤 관계입니까?"

난장판이 된 기자회견장을 보면서 노형진은 씩 웃었다.

⚖

"자네, 나한테 원한이 있나?"

"없지는 않지요. 각하나 저나 서로에 대한 믿음으로 같이 움직이는 건 아니지 않습니까? 각하께서도 수틀리면 당장 제 모가지를 쳐 내겠다고 하지 않으셨던가요?"

"……틀린 말은 아니네만."

현 대통령인 박기훈은 당황스러운 기자회견에 당장 노형진을 불렀지만, 노형진에게 의리를 따질 상황은 아니었다.

노형진의 말대로 자신이 먼저 거리를 두고 감시 대상이라고 못 박았으니까.

"그러니 저도 이용할 건 다 이용하는 겁니다."

"자네가 청와대 자문 위원인 건 알지?"

"아니까 쓴 거죠. 설마 자르시려고요? 뭐, 그러면 저야 편해집니다만."

"그건 무리겠군."

온갖 이득과 자신의 정치적 견해로 범벅이 된 다른 자문 위원들과 다르게 노형진은 현상과 해결책을 완벽하게 찾아내는 타입이다.

당장 감춰진 돈을 꺼내는 제안으로 국가의 자산이 얼마나 늘었는지를 생각하면 다른 자문 위원을 다 합쳐도 노형진 하나만도 못했다.

"하여간 자네 덕분에 곤란해졌어. 자유신민당하고 언론이 날 엄청나게 물어뜯고 있네."

"뭐, 알고 있습니다. 그러라고 하는 거니까요."

"뭘 말인가?"

"이 조사는 현재 군대에서 하고 있습니다. 그리고 이걸 순수하게 조사하려면 민간 영역으로 끌고 와야 하지요."

"그런데?"

"군대에서 민간 영역으로 끌어올 수 있는 방법이 뭐겠습니까?"

그 말에 박기훈은 기가 막혔다.

군대라는 조직에서 민간으로 끌고 오는 방법.

그건 바로 자신이다.

대통령은 민간인이자 군대의 최종 명령권자니까.

"자유신민당에서도 전면 조사를 요구하고 있을 겁니다."

"그래."

언론에서 터지자 기회를 잡았다고 생각한 자유신민당은 특검을 열자고 물어뜯고 있는 상황이었다.

"하세요."

"하라고?"

"네. 그 사건 당사자가 누구인지 아십니까?"

"누군데?"

박기훈은 모를 수밖에 없다.

공식적인 조사 결과에는 이름이 누락되어 있었으니까.

"심대유 의원입니다."

"심대유 의원? 설마 자유신민당 심대유 의원 말하는 건가?"

"맞습니다. 소미한 씨 사망 당시에 그가 직속상관이었습니다. 정확하게는, 심대유는 그 당시에 소장이었고 보좌관이 소미한 씨였지요."

"뭐? 이해가 안 가는데?"

박기훈은 진짜 이해가 가지 않았다.

그럴 수밖에 없는 게, 현재 그를 가장 극렬하게 공격하는 사람이 바로 심대유 의원이니까.

그리고 특검뿐만 아니라 국회에서도 조사위원회를 만들어야 한다면서, 자신이 그 조사위원회를 만드는 데 총대를 멜거라고 이야기하고 있기 때문이다.

"그런 그가 그 당시 관련자라고? 그런데 왜 그런단 말인가?"

어리둥절한 박기훈에게 노형진은 간단하게 설명했다.

"범인은 현장으로 돌아온다, 이 말이 무슨 의미인지 아십니까?"

"그거야…… 경찰들 사이의 속담 아닌가?"

"네. 하지만 왜 그렇게 되는지 생각해 보신 적 있습니까?"

"그건 모르겠군."

"불안감 때문입니다."

자신도 모르게 증거를 흘리거나 실수하지 않았을까 하는 두려움. 그것 때문에 확인하기 위해 돌아온다는 거다.

　"범인은 둘 중 하나의 패턴을 보입니다. 도주하든가, 아니면 가능하면 사건을 통제하려고 합니다."

　도주할 수 없다면? 어떻게 해서든 자신을 추적해 오는 걸 바꾸려고 한다.

　"종종 사건에서 범인이 증인을 자처하는 이유가 그겁니다."

　자신에게 날아올 방향성을 흐트러트리기 위해서다.

　그렇다면 그걸 흐트러트릴 수 있는 최고의 자리는 어딜까?

　당연히 그 사건을 조사하는 자리다.

　"아마 조용히 계시면 심대유가 그 사건의 책임자가 되겠다고 설레발칠 겁니다. 그러면 놔두세요."

　"그런데 그러면 날 물어뜯을 텐데?"

　"그러니까 놔두시라는 겁니다. 그걸 정치적으로 몰아붙이기 시작하면 그도 점점 함정에 빠지는 거니까요."

　정치적 사건으로 시선을 돌리려고 하는 건 당연한 일.

　'아마 반대쪽은 생각하지 못하는 모양인데.'

　누군가에게 죄를 돌리기 위해 물어뜯는다는 것은 자신도 드러난다는 걸 의미한다.

　뒤에서 조용히 조종하는 방법도 없는 것은 아니지만, 심대유는 지금 전면에 나서서 설치고 있다.

　'멍청하긴. 하긴 방법이 없기는 하지.'

다른 제3자가 사건을 담당했다가 진실이 드러나면 심대유를 비롯한 관련자들의 인생은 조질 수밖에 없는 상황이다.

아무리 심대유가 자유신민당 의원이라고 해도 살인 사건이고 그것도 20년이나 감춰진 조작 사건이다.

그걸 이제 와서 묻어 버리는 건 불가능하다. 대통령까지 연관되어서 모든 국민들이 알고 있으니까.

'그러니 같은 당 사람이 알게 된다고 해도 그걸 막지는 못하지.'

차라리 몰랐다고 손절하고 깔끔하게 처리하려고 할 게 뻔하다.

심대유 입장에서는 어떻게 해서든 그걸 막고 사건을 조작하고 싶어 할 테니, 결국 방법은 본인이 전면에 나서서 방향을 바꾸는 것뿐이다.

"알겠네. 하지만 이 사건의 관련자가 심대유라고 해도 그가 범인인 건 아니지 않나? 도리어 엉뚱하게 주장할 수도 있지."

자신의 부하가 억울하게 당한 걸 못 참겠다고 나온다면 분명 동정표도 그쪽으로 쏠릴 게 뻔하다.

사실 아무리 심대유라고 해도 그 사실을 감출 수 있을 거라고 생각하지는 않을 것이다. 조금만 조사해도 나오는 사항이고, 노형진이 그 사실을 안다는 것도 알고 있으니까.

'분명 동정표를 노리겠지.'

하지만 노형진에게도 방법이 없는 건 아니었다.

"그냥 놔두세요. 결국 조사할수록 더 깊이 자기 무덤을 파는 꼴이 될 테니까, 후후후."

노형진은 이미 관련된 사람들이 누구인지 박강자의 기억을 읽어서 알고 있다.

그러나 그걸 공격하는 방식에 대해서는 상당 기간 고민했다.

남편들이 서로 뭉쳐서 어떻게 해서든 사건을 은폐했고 그로부터 20년이 지났으니까.

하지만 그 와중에 노형진이 착안한 게 있었다.

그 당시 관련된 사람, 즉 폭행에 가담한 여자는 총 열다섯 명이었다.

박강자가 리더이자 주범이었고, 나머지는 그 당시 소장의 와이프였던 박강자에게 잘 보이기 위해 그 집단 폭행에 가담했다.

"그중에서 두 명이 이혼했습니다. 그런데 어떻게 아셨습니까?"

고문학은 신기하다는 듯 노형진을 바라보았고, 김성식 역시 신기하다는 듯 물었다.

"진짜 어떻게 안 건가? 설마 다른 쪽으로 조사해 본 건가?"

"그건 아닙니다. 그랬다면 제가 고 팀장님한테 조사를 부탁할 이유가 없었겠지요."

"그러면?"

"살인 아닙니까? 사실 이득과 관련된 여러 가지 이유로 은폐한 건 사실이지만, 살인과 연관된 부부가 모두 다 잘 살 것 같지는 않더군요."

"아, 하긴 그렇군."

이게 드러나면 남편이었던 장교들로서는 커리어가 끝장나는지라 어쩔 수 없이 은폐에 동참했겠지만, 그렇다고 해서 부부 관계가 서로 믿음을 가지고 하하 호호 하면서 이어질 수 있는 것은 아니다.

"집안에 문제가 생기면 보통 패턴은 두 가지죠."

부부 사이에 문제가 생기면 그 둘은 서로 힘을 합해서 어떻게 해서든 문제를 해결하려고 하든가, 아니면 이혼하는 선택을 한다.

"사건을 은폐하는 것과 부부 관계의 유지는 전혀 다르다 이거군."

"맞습니다. 사건 은폐는 커리어와 미래에 관련된 문제이지만 부부 관계는 그들의 선택의 문제입니다."

그리고 살인에 가담한 부인 입장에서는 그 이혼을 거부할 수 있는 힘이 없다.

"그렇군요. 저희는 은닉까지 해 줬으니 당연히 같이 살 거라고 생각했는데요."

"부인을 위해 은닉한 게 아니니까요."

자신을 위해, 그리고 상관이었던 심대유를 위해서 저지른 사건 은닉이다.

"그리고 이혼당한 그 여자는 아마 아무런 정보도 없겠지요."

심대유처럼 결혼 생활을 유지하면서 방법을 알려 주거나 컨트롤했다면 모를까, 이혼한 상황에서 서로 왕래가 있을 가능성은 높지 않으니 그녀들이 가진 정보는 별로 없을 것이다.

"저는 그들을 흔들어 볼 생각입니다."

"그들을 흔든다……."

확실히 지금 이혼당한 여자들은 정보가 없을 테고 언론에서 이 사건에 대해 떠들고 있는 것만 알고 있을 것이다.

사건이 얼마나 진행되었는지 그리고 얼마나 조사 중인지 전혀 모를 것이다.

"거기다가 국회에서 나서서 조사한다고 설치고 있으니 공포감은 이루 말할 수 없을 테지요."

그 상황에서 검찰이 찾아온다? 무너지지 않으면 이상한 거다.

"아마 생각보다 쉽게 정보가 나올 겁니다, 후후후."

⚖

오광훈은 노형진의 부탁을 받고 그 당시에 이혼당한 여자를 찾아갔다.

남궁신희라는 여자는 시내에서 작은 네일 아트 가게를 운영하면서 살고 있었다.

"어서 오세요."

남궁신희는 손님을 기다리다가 안으로 들어오는 남자들을 보고 흠칫했다.

네일 아트의 특성상 남자가 손님으로 오는 경우는 거의 없다시피 했으니까.

"무슨 일이시죠?"

"남궁신희 씨?"

"그런데요?"

"검찰에서 나왔습니다."

검찰이라는 말에 남궁신희의 눈동자가 격하게 흔들렸다.

노형진의 예상대로 그녀는 정보가 전혀 없는 상태였고, 최근 언론에서 떠드는 뉴스에 잔뜩 겁을 먹은 상태였다.

"검찰이 왜요? 저는 잘못한 게 없는데요."

"소미한 씨와 관련해서 왔습니다."

"네? 소미한 씨와 관련해서 왔다니요?"

"그 당시에 현장에 계셨다고 하더군요."

오광훈의 말에 남궁신희는 주변을 두리번거렸다.

하지만 작은 가게. 그곳의 유일한 입구는 이미 오광훈과 수사관들이 가로막고 있었다.

"아아……."

거의 멘붕 직전인 남궁신희를 오광훈은 살살 달랬다.

"진정하세요. 저희는 남궁신희 씨를 체포하러 온 게 아닙니다."

"체…… 체포하지 않는다고요?"

"박윤래 씨 말을 들어 보니 그 당시에 어쩔 수 없이 현장에 계셨을 뿐, 폭행에 참가하지 않고 구경만 하셨다고 하더군요."

"그건…… 그래요."

그 말에 남궁신희는 고개를 격하게 끄덕거렸다.

박윤래는 그 당시에 같이 있던 사람이기에 그녀는 사건 조사가 이미 상당히 진행된 것이라 생각했다.

"그러니 그에 관해 증언을 좀 해 주셨으면 합니다만."

"증언요?"

"이혼하신 남편분이 사건을 은폐한 건 알고 있습니다."

"그건……."

"그 건에 대해 증언해 주시면, 소춘모 씨에게 말씀드려서 민사소송에서 최대한 빼 달라고 해 드리겠습니다."

"민사소송이라고 하시면……?"

"공소시효가 지났기 때문에 이건 형사처벌이 안 됩니다."

"네?"

오광훈의 말에 남궁신희는 고개를 갸웃했다.

설마 검사가 자신에게 이건 형사처벌 대상이 아니라고 할 줄은 몰랐기 때문이다.

하지만 이건 노형진이 그렇게 말하라고 시킨 것이었다.

―어차피 공소시효는 지났어. 네가 말하지 않아도 상대방 변호사는 그걸 주장할 거야. 처벌은 불가능하지. 하지만 민사소송은 가능하거든. 그러니까 넌 미리 말해 주고 그쪽의 믿음을 얻어 내. 그래야 민사소송을 통해 다른 놈들을 압박할 수 있으니까. 아마 이혼한 여성 입장에서 민사소송이라는 건 상당한 압박감을 줄 거야.

그리고 그건 틀린 말이 아니다.

삶을 이어 가는 데 있어서 돈이 필요한 건 당연한 일이고, 이혼을 당할 때 과실이 여자 쪽에 있었으니 아마 땡전 한 푼 쥐지 못하고 나왔을 가능성이 크다.

당연히 한 푼 한 푼이 아쉬운 상황에 금전적 소송에서 빼 준다는 것은 아주 달콤한 유혹일 수밖에 없다.

더군다나 공소시효가 지났다는 것.

그건 자신이 감옥에 가지 않아도 된다는 소리인데, 그럼 사회에서 계속 살아가야 하니 돈이 더 필요하다는 뜻이다.

"검사라면서요?"

"검사는 범죄의 진실을 찾는 사람입니다. 민사소송은 못 하죠. 그렇다고 해서 제가 거짓말을 할 이유는 없지 않습니까? 어차피 변호사를 선임하면 다 알게 되실 텐데."

"그건…… 그런데……."

오광훈이 살살 달래자 흔들리는 남궁신희.

그런 그녀에게 오광훈은 마지막 떡밥을 던졌다.

"진실을 말씀해 주신다면 저희가 소춘모 씨에게 최대한 선처해 달라고 부탁하겠습니다."

그 말에 결국 남궁신희는 고개를 끄덕거렸다.

"알겠어요. 그러면 제가 뭘 어떻게 하면 되는 거죠?"

"저희가 모시러 올 때까지 조용히 계시면 됩니다."

"저기, 혹시……."

뭔가를 물으려고 하는 남궁신희에게, 오광훈은 뭔지 알 것 같다는 듯 말했다.

"박윤래 씨도 증언하실 겁니다."

그 말에 남궁신희는 마음을 굳혔다.

박윤래가 증언한다면 자신도 해야 한다. 그래야 재수 없게 엮이는 걸 막을 수 있다.

"그러면 나중에 연락드리죠."

고개를 숙여 인사를 건네고 그곳을 나온 오광훈은 자신을 따라오는 사람에게 말했다.

"그래서 박윤래는 어디 있는데?"

"어, 기록을 보니까 부천에서 미용실 하네."

수사관인 것처럼 조용히 뒤에 서 있던 사람.

그는 다름 아닌 노형진이었다.

사실 박윤래는 애초에 찾아가지도 않은 상황이었다.

"어, 그러면 어떻게 해? 증언해 줄까?"

오광훈의 걱정에 노형진은 당연하다는 듯 말했다.

"그럴 거야. 주소를 보니까 잘사는 상황은 아니더라고."

"아아."

사실 땡전 한 푼 받지 못하고 이혼한 상황에서 여자들이 할 수 있는 일은 극도로 제한적일 수밖에 없다.

그렇다 보니 재산도 그다지 많지 않은 상황이고, 민사적 소송이 들어온다고 하면 어마어마한 손해배상으로 전 재산을 빼앗기게 된다.

손해배상은 법률적인 배상인지라 파산조차도 인정되지 않아 다 갚는 순간까지 고생해야 한다.

"그러니 거기서 빼 준다고 하면 분명 할 거야."

"그런데 살인범들을 그냥 놔줘도 되는 거야?"

"어차피 살인은 증명 못 해."

"응? 그게 무슨 소리야?"

"일단 살인의 고의 자체가 없었으니까."

살인죄가 성립되려면 살인의 고의가 있어야 한다.

하지만 지금 상황에서는 아무리 봐도 살인의 고의는 없었다.

박강자의 기억 속에서도 살인의 고의는 없었다.

그저 단순히 그녀는 소미한이 심대유에게 꼬리를 친다는

피해망상에 빠져 있었을 뿐이고, 그래서 다른 여자들과 함께 혼쭐을 내 주려고 불러낸 것뿐이었다.

"설사 공소시효가 지나지 않았다 한들 누가 치명타를 날렸는지 증명할 방법은 없지."

이렇게 집단 폭행으로 사망한 경우, 누가 머리를 발로 차서 치명타를 줬는지 알아내지 못하면 기껏해야 할 수 있는 처벌은 상해죄 정도다.

황당하고 억울한 일이지만 현실이 그렇다. 최소한 공격한 건 사실이고 그로 인해 상해죄는 성립하니까.

"결국 우리가 아무리 분노해 봐야 상해죄로 끝날 테고 공소시효의 종료 때문에 처벌도 못 하지. 그렇다면 차라리 이 사건을 은폐한 놈들을 처벌하는 방법을 찾는 편이 낫지."

노형진의 말에 오광훈은 고개를 절레절레 흔들었다.

"하여간 대한민국 법 참 엿 같다."

"현실이라는 거지."

"그러면 지금은 그걸 안 터트린다는 거지?"

"안 터트릴 거야."

"그러면 언제 터트릴 건데?"

노형진은 오광훈의 질문에 빙긋 웃으며 말했다.

"그놈들이 자기 무덤을 충분히 팠을 때쯤?"

자기 무덤은 셀프

심대유는 노형진의 예상대로 움직였다.

−제 부관이었던 소미한 양의 사건의 진실을 어떻게 해서든 밝혀내겠습니다. 그 사건에 이번 정권이 어떤 관계가 있는지, 현 대통령이 그 사건과 어떻게 연관되어 있는지 무슨 수를 써서라도 알아내겠습니다, 여러분!

조사위의 위원장을 맡게 된 심대유는 열변을 토했다.

노형진은 그 모습을 보며 혀를 끌끌 찼다.

"이거 참, 뻔뻔하다 싶은데요."

"자네가 할 말은 아니지 않나?"

박기훈은 노형진의 말에 짜증을 내며 말했다.

"자네가 그런 발언을 하는 바람에 이 난리가 난 건데."

"하하하, 대신에 반전 카드도 드리지 않았습니까? 자유신민당이 이번에 화려하게 자폭하겠던데요?"

"후우, 그건 그런데."

박기훈은 쓰게 웃을 수밖에 없었다. 틀린 말은 아니니까.

지금 심대유는 어떻게 해서든 이걸 정치적 문제로 돌리기 위해 혈안이 되어 있었다.

"일단 반전 카드가 뭔지는 말 못 해 주나?"

"말 못 해 드립니다, 아시다시피."

노형진은 힐끔 다른 사람들을 바라보았다.

그리고 그 시선을 박기훈은 바로 알아차렸다.

사실 내부에 스파이를 심어 두는 행위는 흔하게 벌어진다.

전임 대통령인 홍안수도 그런 스파이 중 한 명이었으니까.

지금 박기훈 주변에도 아군인 척 박기훈의 일거수일투족을 반대 정당인 자유신민당에 전달하는 놈이 있을지도 모르는 일이었다.

"뭐, 알겠네. 자네가 확실한 반전 카드라고 하니 그렇게 믿고 있겠네. 그러면 우리가 할 건 뭔가?"

"간단합니다. 그들의 공격이 어디로 향하는지 잘 봐 두십시오. 그리고 그 대상들을 아군으로 끌어당기시면 됩니다."

"아군?"

이것이 법이다

노형진은 고개를 갸웃하는 박기훈에게 목소리를 낮춰 조용히 말했다.

"일이 이 지경이 되면 누군가는 희생양이 되어야 합니다."

"그렇겠지."

"그런데 심대유가 자기 파벌을 희생양으로 만들까요?"

"그럴 리가 없겠군. 무슨 소리인지 알겠네."

자신과 함께 사건을 감췄던 장교들은 절대로 희생양으로 내밀지 않을 것이다.

그럴 수는 없다. 그랬다가는 그놈들이 모든 사실을 다 말할 테니까.

"인간의 생각은 거의 비슷합니다, 위기를 기회로. 그럴듯한 생각이지요."

실제로 그런 말은 흔하게 하고, 그걸 시도하는 사람들도 제법 많다.

그런데 심대유같이 정치권에서 눈칫밥을 먹은 사람이 그런 시도를 안 할까?

"위기를 기회로라……. 무슨 뜻인지 알겠네. 자기네 파벌이 아닌 상대 파벌, 아니, 이 경우는 힘이 없는, 진짜 제대로 된 군인들을 노리겠군."

"맞습니다."

파벌이 있는 다른 장군들은 노릴 수가 없다.

왜냐하면 그렇게 다른 파벌을 물어뜯으면 그쪽 파벌에서

그냥 넘어갈 리가 없기 때문이다.

"심대유의 파벌은 비밀을 공유하면서 생긴 것입니다. 그 말은 그들의 숫자가 그다지 많지 않다는 거죠."

물론 추후 사조직화하면서 어느 정도 세력을 불렸을 수도 있지만, 애초에 특정 비밀을 가지고 모인 집단이라 사조직화한다고 해도 결국 한계가 있다.

"결국 그놈들이 노릴 사람은 뻔합니다. 소속도 없고 백으로 봐줄 사조직도 없는 진짜 순수 군인들."

"자네는 군에 사조직이 여전히 있다고 생각하는 거군."

"없을 수가 없지요. 당장 홍안수의 쿠데타를 도와준 놈들도 결국은 사조직 아닙니까?"

홍안수가 친위 쿠데타를 시도했던 당시에 수많은 장군들이 그를 도와줬었다.

그런데 그 당시에 조사 결과, 대부분의 장군들은 충정미식회라는 조직 소속으로 드러났다.

미식, 즉 맛있는 걸 먹으러 다닌다는 핑계로 모여서 만든 파벌로, 결국 쿠데타 세력으로 성장하게 된 것이다.

"그리고 군 내부에 알자회라고 있을 겁니다."

"알자회? 잠깐, 내가 아는 알자회? 그거 사라지지 않았나?"

"애석하게도 아직 있습니다."

원래 알자회는 상당히 오래된 군 내 사조직이다.

하나회에서 쿠데타를 터트린 후에 군대에서의 사조직은

절대 금지 사항이다. 하지만 요즘은 다시 슬금슬금 파벌을 만들고 있다.

'그러고 보니 역사가 바뀌어서 알자회가 아직 남아 있겠군.'

알자회는 서로 알고 지내자는 목적으로 만들어졌지만 애초에 서로 알고 지내자는 목적 자체가 강력한 파벌을 만들어서 군권을 지배하자는 소리였고, 결국 걸리면서 해체되었다.

정확하게는, 해체된 것으로 알려져 있었다.

'원래 역사에서는 그들이 국정 농단의 주범이었지.'

군 계엄 발생 시 그들이 수도 서울로 진격, 서울에서 친위 쿠데타를 시도하는 계획이 발견되기도 했고 말이다.

하지만 대통령이 바뀌었고, 그들은 과거처럼 성세를 이루지 못했다.

'그 말은 아직까지 그놈들이 살아 있을 거라는 소리야.'

당장 홍안수도 자신의 파벌인 충정미식회 파벌을 만들어 놨었다.

홍안수가 미필이라는 점을 감안하면 어지간한 정치인들은 전부 장군들과 손잡고 자기 파벌을 만들어 놨다고 봐야 한다.

노형진이 아는 원래 역사대로라면 알자회와 독사파라고 하는 독일 유학파 출신 장군들의 사조직이 따로 있는데, 거기에다 원래 역사에서는 알지 못했던 충정미식회가 등장했으니 군 내부에 위험한 사조직이 최소 세 개나 있다는 소리다.

과연 군인도 아닌 노형진도 아는 조직이 이미 세 개나 되는데 군 내부에 다른 사조직이 존재하지 않을까?

노형진은 절대 그렇지 않을 거라는 걸 확신했다.

문제는 사조직을 박멸하기 위해서는 그걸 내부에서 누군가, 정확하게는 장성급이 도와줘야 하는데, 장성급 대부분이 서로 끌어 주고 당겨 주는 사조직에 속해 있을 가능성이 아주 크다는 거다.

당장 충정미식회도 이름은 그럴듯하지 않은가?

장교들은 군 내 사조직이 불법이라는 걸 안다.

하지만 그럼에도 불구하고 끊임없이 사조직을 만들고 권력을 유지하려고 한다.

악순환은 거기서 시작된다.

누군가 사조직을 만들어서 권력을 잡고 라이벌을 쳐 내려고 하면 자연스럽게 그에 저항하는 사조직이 생길 수밖에 없다.

대표적인 예가 바로 과거의 청축회라는 곳이다.

그렇게 우후죽순 생기기 시작한 사조직은 결국 서로의 범죄를 감춰 주면서 부패하기 마련이다.

그들 말고도 군 내부에는 만나회나 나눔회 등 어마어마한 숫자의 사조직이 존재했다.

그랬기에 노형진은 이번 기회를 노려서 아예 깨끗한 사람들을 골라내 볼 생각이었다.

"그렇게 공격당한 장성들을 포섭해서 군 내 사조직을 한번 소탕하셔야 할 겁니다."

"으음……."

"군대 다녀오셨잖습니까? 군대는 사조직이 만들어지지 않을 수 없는 구조입니다."

서로 밀어주고 끌어 줘야 하는 건 어딜 가나 마찬가지이지만, 군대라는 조직은 그게 훨씬 더 심하고 판단 기준이 객관적이지 않다.

그렇다 보니 자기 파벌을 만들어서 세력을 키우려고 하는 시도가 없을 수가 없다.

"이참에 사조직을 다시 한번 파악하라 이거군."

"쿠데타 당시에도 사조직에 대한 조사가 있었지만 결국 은닉되었지요."

그 당시 제대로 조사되었다면 심대유의 조직 역시 드러났어야 정상이다.

"하지만 이번에 군대 사조직이 범죄를 은폐했다는 걸 증명하면, 다시 한번 사조직을 박멸할 수 있는 핑계가 생기는 거니까요."

더군다나 이번에는 선공당한 내부의 장군들이 있다.

"그때는, 아시겠지만 새 정부가 군대의 지원을 받지 못하던 시점입니다."

비록 친위 쿠데타를 막고 새롭게 들어선 민주 정부라지만 군대라는 조직은 특정 집단과 수십 년을 이어져 온 끈이 있기 때문에 아무리 털어 내려 한다 해도 그렇게 쉽게 털어 내지지 않는다.

"하지만 이번은 아닐 겁니다."

이번에 공격받는 사람들은, 반대로 말하면 힘도 없고 백도 없는, 사조직에 속하지 않은 부류일 가능성이 크다.

"그들이 선공당했다면 그들을 포섭하면 됩니다."

그리고 그들은 자신들이 공격 대상이 된 걸 인식하고 살아남기 위해서라도 사조직을 박멸하려고 할 것이다.

설명을 듣던 박기훈은 경이롭다 못해 경악한 표정으로 노형진을 쳐다봤다.

"자네는 사건 하나로 몇 수 앞을 바라보고 있는 건가?"

"그건 보시면 압니다. 그러니 일단 기다리시면 됩니다, 후후후."

노형진은 자신 있게 말했다.

⚖

심대유는 예상대로 움직이기 시작했다.

자신의 군 경력과 정치적 경력을 바탕으로 저항하지 못하는 사람을 하나씩 밀어내기 시작한 것이다.

"장수찬 준장, 당신 말이야, 이번 정권 초기에 승진했지요?"

"그렇습니다."

조사가 계속되고 자유신민당은 그 장면을 언론에 내보내

면서 지지율을 높이고 있었다.

"그럼 당신이 범인이지!"

"아닙니다."

"아니긴 뭐가 아니야! 그 당시에 당신이 소미한 중위랑 같은 부대에 있었던 거 사실이잖아. 그때 대위였다면서!"

그 말에 장수찬은 기가 막혔다.

물론 그건 사실이다. 하지만 그게 자신이 원해서 그런 게 아니지 않은가?

"제가 그 당시에 군수지원사령부에 있었던 것은 인정합니다. 하지만 신분은 고작 대위였고 발령에 따를 수밖에 없습니다. 그리고 군수지원사령부에 장교가 도대체 몇 명이나 있었다고 생각하시는 겁니까? 수백 명입니다, 수백 명."

"그게 중요한 게 아니잖아? 그 당시에 당신이 거기에서 소미한에게 추근거렸다는 익명의 증언이 있어!"

"익명의 증언이고 뭐고, 그 당시에 소미한 중위한테 관심 없었던 장교는 없었습니다."

부대 최고의 아이돌. 부대 내에서도 최고의 미모를 자랑하는 소미한에게 그 당시 미혼의 장교들은 다 관심이 있었다.

그리고 대위였던 장수찬 역시 관심을 보였었다.

물론 대차게 까였지만.

"혹시 말이야, 당신 같은 인간들이 보복한 거 아니야?"

"보복이라니, 무슨 말입니까?"

"거절당한 것에 대해 보복으로 집단 폭행한 거 아니냐고!"

"말이 됩니까? 대한민국 장교를 뭐로 보고."

"당신 같은 쓰레기 장교들이 꼭 있지."

국회의원은 아무래도 장군들에 비해 더 상급자일 수밖에 없다.

거기다가 지금은 국민들의 분노가 하늘을 찌르는 상황.

그 상황에서 더 가열하게 공격할수록 더 자신들이 드러나 보이기에, 심대유를 비롯한 정치인들은 저항하지 못하는 진짜 제대로 된 군인들을 신나게 물어뜯었다.

"이거, 군 내부에서 누군가는 조작한 걸 책임져야 합니다."

"저는 조작에 관여한 적이 없습니다."

"그러면 누가 했는데?"

"모르죠."

"모르면 다야! 어!"

빽빽 소리를 지르는 장면을, 오늘은 참관인 자격으로 와서 보고 있던 노형진은 혀를 끌끌 찼다.

"누구 생각나네."

"누구 말인가?"

고개를 돌려 보니 언제 왔는지 유찬성 의원이 서 있었다.

"아니, 그냥. 그분 있잖습니까? MS 오피스를 MS에서 독점 공급받았다고 사퇴하라고 하던 그분."

"아, 그분."

애초에 MS 오피스라는 것 자체가 MS 독점 프로그램이다.

그런데 그걸 독점으로 받았다고 난리를 피운 국회의원이 있었다.

"하긴, 지금 하는 짓거리 보면 딱 그 짝이지."

유찬성 의원은 쓰게 웃었다.

상당수 국회의원이 하는 공격은 의외로 체계적이지 않다.

말 그대로 꼬투리 잡기 식의 공격이 대부분이다.

그나마 예정된 감사 같은 경우는 기록이라도 넘겨받아서 조사라도 하면 대응할 수 있는데, 이렇게 갑자기 넘겨받은 경우는 그걸 조사할 틈도 없었다.

"말장난이지."

벌써 20년 전 사건이고 검찰과 경찰에서도 사건을 조사하면서 아직도 누가 범인인지 사건이 어떻게 된 건지 알아내지 못하고 있는 상황이다.

그런데 심대유를 비롯한 그쪽 파벌은 벌써 답을 정해 두고 장성들을 공격하고 있었다.

"그런데 자네가 여기까지 온 이유가 뭔가?"

노형진은 사실 여기에 참관하러 올 이유가 없다.

그가 사건 당사자도 아니고 소환받은 적도 없으니까.

"송 의원님한테 제가 정보를 몇 개 넘겼거든요."

"정보를?"

"네."

노형진은 씩 웃으며 말했다.

"이제 방향을 바꿔야 하니까요."

때마침 심대유의 질문 시간이 끝나고 송정한의 질문 시간이 되었다.

그리고 송정한은 노형진이 말한 대로 방향을 바꿀 생각이었다.

"장수찬 준장님, 일단 이 사건에 관련이 없다고 주장하시는데요."

조용하게 말하는 송정한.

그런 그를 보면서 심대유는 속으로 비웃음을 보냈다.

'그런다고 해서 너희가 이번 사건에서 벗어날 수 있을 것 같아?'

이미 방향은 정해졌다.

최대한 현 정권에 타격이 가게 하기 위해 그들이 승진시킨 장군들을 물고 늘어지는 것으로.

그래야 자신들이 유리해지기 때문이다.

'어차피 20년 전 사건의 진실은 누구도 몰라.'

흐지부지될 건 안다.

아무리 여기서 조사한다고 해도 결국 이렇게 사건은 끝날 수밖에 없다.

'위기를 기회로 만드는 것도 능력이지, 흐흐흐.'

속으로 비웃음을 날리는 심대유.

그런데 그다음 순간 송정한이 한 질문은 심대유가 아차 하는 표정을 짓게 만들었다.

"20년 전 심대유 의원이 소미한 양의 직속상관이었던 건 맞습니까?"

"맞습니다."

"그건 내가 말했잖습니까, 그래서 절대 이 사태를 두고 볼 수 없다고."

말을 자르는 심대유.

그런 심대유에게 송정한은 차갑게 말했다.

"제 질문 시간입니다. 말 자르지 마세요."

"끄응."

"그러면 두 번째 질문입니다. 그 당시에 심대유 씨가 소장 이었던 것으로 알고 있는데, 소미한 씨와 관련해서 추문이 있었습니까?"

그 말에 장수찬은 힐끔 심대유를 바라보았다.

심대유의 얼굴은 마치 흉신 악살처럼 일그러져 있었다.

"뭐, 그 당시에 장성급이 부하 여군을 성희롱하는 건 흔한 일이었으니까요."

"확실하게 답하세요. 심대유가 소미한 씨에게 성추행을 했다거나 하는 소문을 들은 적이 있습니까?"

"있습니다. 사실 제법 유명했습니다."

"송 의원! 지금 뭐 하자는 겁니까!"

"진실을 찾자는 겁니다."

"뭐요?"

심대유가 뭔 소리냐는 표정으로 묻자 송정한이 그에게 반문했다.

"심 의원은 여기에 범인을 잡으러 온 겁니까?"

"당연한 거 아니오!"

"저는 진실을 찾으러 온 겁니다."

"진실?"

"범인을 잡으려 한다는 건, 급하게 움직이다 보면 범인을 만들어 내게 되지요. 아시잖습니까? 그리고 우리는 국가 견제 기관입니다. 당연히 사건의 진실을 찾아야 하지요, 범인을 찾는 게 아니라."

"그건……."

생각지도 못한 말에 심대유의 얼굴은 창백해졌다.

지금 계속 방송이 나가고 있는 상황이고, 그런 송정한의 말 한마디에 자신은 범인을 만들어 내는 놈이 되어 버렸기 때문이다.

"진실을 찾기 위해서는 그 당시 관련자들을 다 조사해야 합니다. 설사 심대유 의원이라고 해도 조사 대상입니다."

"미친……."

"제 질문을 계속하지요. 그러면 심대유 의원이 그 당시 소미한 양을 성희롱했다는 말이군요."

"네."

"크윽."

장수찬은 아주 대놓고 말했다. 그럴 수밖에 없는 게, 자신의 커리어가 여기서 끝났다고 느끼고 있었기 때문이다.

그는 준장이고 이미 충분히 올라와 있지만, 심대유와 자유신민당은 자신을 비롯한 힘이 없는 장성들을 노리고 있다.

설사 여기서 무죄가 증명된다고 해도 군대라는 조직은 친자유신민당의 성향을 아주 강하게 보여 주고 있다.

즉, 아무리 노력해도 더 이상 올라가는 건 불가능하다는 소리다.

'혼자는 안 죽는다.'

만일 송정한이 먼저 하고 나중에 심대유가 했다면 절대 이런 구도는 나오지 않았을 것이다.

하지만 심대유가 먼저 공격함으로써 상황이 바뀌었다.

"크흠…… 그건 그 당시의 관례가……."

"심 의원님, 제 질문 시간입니다. 질문 끊지 마세요!"

변명하려고 하는 심대유. 그리고 그런 그의 변명을 칼같이 자르는 송정한.

"장수찬 준장, 그러면 혹시 새빛회라고 알고 있습니까?"

새빛회라는 이름이 나오자 분노하던 심대유의 얼굴이 창백해졌다.

설마 그 이름이 여기서 나올 줄은 몰랐으니까.

"네, 알고 있습니다."

아무리 소속 파벌이 없다고 한들 군 내부의 사조직에 대해 장수찬이 모를 리가 없었다.

"그 새빛회가 심대유 씨가 속한 군 내 사조직이 맞습니까? 정확하게는 심대유 씨가 군에 있을 때 만든 조직이라고 하던데."

"음…… 탄생에 대해서는 잘 모릅니다. 다만 군 내부에서, 특히 군수사령부에서 가장 강력한 파워를 가진 조직이라고 들었습니다."

"그렇군요. 그러면 그 당시 부검의였던 사람이 이 새빛회의 소속 멤버인 건 알고 있나요?"

"몰랐습니다."

"그러면 새빛회가 소미한 씨 사망 사건 이후에 생겨났다는 것은요?"

"몰랐습니다만."

"마지막으로 이번 사건…… 아니지, 정확하게 표현해야겠군요. 이번 소미한 씨의 시신 탈취 사건과 관련해서 소속 부대의 장들이 다들 새빛회 소속이라는 건 알고 있습니까?"

그 말에 심대유는 심장이 덜컥 내려앉았다.

사실 그가 계속 20년 전 사건만 물고 늘어진 이유는 간단하다. 증명할 수 없는 사건이니까.

그에 반해 이번 시신 탈취 사건은 이야기가 다르다.

20년 전 사건이 아니라 현재 사건이고, 명령 라인을 계속 올라가면 새빛회, 즉 자신이 가해자들과 뭉쳐 만든 사조직이 나온다.

"그랬습니까?"

"그렇더군요. 혹시 그와 관련해서 아는 게 있습니까?"

질문의 형식을 빌리기는 했지만 내용은 너무 뻔했다.

이 사건의 주범으로 의심되는 것은 새빛회다.

그리고 송정한은 그런 상황에서 쐐기를 박았다.

"마지막으로 알아보니 그 사건 이후에 새빛회 소속으로 보이는 일부 장교들이 갑작스러운 이혼을 한 것 같던데, 이유를 아십니까?"

"아니, 저는 새빛회 장교가 누구인지 몰라서 이혼 여부도 모르겠습니다."

"그래요? 그러면 그분들에게 확인해 봐야겠군요."

송정한이 거기까지 말하는 순간 결국 참지 못한 심대유가 자신도 모르게 자리에서 벌떡 일어났다.

"찍지 마! 찍지 말라고, 씨팔, 열받아서. 찍지 마!"

그의 시선은 이번 특검을 중계하고 있던 국회방송의 PD들에게 향해 있었다.

다급한 나머지 그의 머릿속에는 오직 한 가지 생각뿐이었다.

⚖

"난리가 났더라."

느긋하게 차 안에서 기다리던 오광훈은 핸드폰으로 연신 인터넷을 보며 말했다.

아무리 시청률이 낮은 국회방송의 인터넷 생방송이라지만 찍지 말라고 난리를 피웠으니 당연히 사람들은 의심할 수밖에 없었다.

"대한민국의 국민 40% 이상이 군대를 갔다 왔지."

일부만 빼고 남자라면 대부분 군대를 갔다 온 상황. 당연히 남자들에게 군 내 사조직이 불법이라는 건 상식 중의 상식이다.

그 상황에서 의심스러운 정황과 더불어 현장에서 발끈하는 모습까지 보였으니 의심은 더 강해질 수밖에 없다.

"그런데 거기에서 왜 이혼한 사람 이야기를 꺼내라고 한 건가?"

김성식은 궁금하다는 듯 물었다.

"이혼은 개인적인 영역의 문제가 아닌가? 그런데 그걸 왜 꺼내서 문제를 삼은 건지 모르겠더군."

"음…… 이혼 자체가 약점이거든요, 한국에서는."

"무슨 말인가?"

"20년 전 사건입니다. 합의이혼이고요. 그러면 그쪽에서 여자가 바람피워서 이혼해 놓고 복수하는 거라고 주장하면, 언론에서 어떻게 하겠습니까?"

"아, 무슨 뜻인지 알겠군."

언론이 거짓말을 못 하게 되었지만 거짓말을 퍼 나를 수는 있다.

노형진이 이번 사건에서 써먹은 방법을 그들도 써먹을 수 있는 거다.

만일 그쪽에서 그런 식으로 거짓말하고 퍼 나르게 된다면?

증인들의 신빙성이 약해질 수밖에 없다.

"그런 만큼 증인들의 신빙성을 확보할 방법을 찾아야 합니다. 그리고 이 상황에서 저쪽은 어떻게 하겠습니까?"

"회유하든 협박하든 둘 중 하나겠군."

뜬금없는 이혼 이야기를 한 이유가 바로 그거다.

이혼하고 지금까지 서로 연락하고 지내지 않았다는 건 확실하게 알았다.

그런데 사건이 커졌다면? 당연히 그걸 무마하기 위해 어떤 수작이든 부리게 된다.

"그러니 우리는 기다리면 됩니다."

내부에 몰래 설치한 카메라로 이미 남궁신희의 가게를 찍고 있는 상황이었다.

그렇게 시간이 지나고 늦은 밤. 다들 피곤해서 반쯤 졸고 있을 때 문이 열리면서 한 남자가 남궁신희의 가게로 들어왔다.

"영업 끝났습니다."

이제 마무리 짓고 집에 가려고 하던 남궁신희는 다음 순간 움찔했다.

"신희야."

"당신……."

"잠깐 시간 있어?"

"무슨 일인데요. 나 이제 가야 해요."

"잠깐이면 돼."

남궁신희는 물끄러미 그를 바라보았다.

전남편이 여기를 진짜로 찾아올 줄은 몰랐으니까.

"왜 온 거예요? 우리 이미 예전에 끝난 사이 아니에요?"

"그게 아니라, 이번 사건과 관련해서 부탁이 있어서……."

"부탁요? 무슨 부탁요? 입 다물어 달라는 거?"

"이거 터지면 나 진짜 끝장이야."

남자는 다급할 수밖에 없었다.

새빛회 소속으로 준장까지 빠르게 올라왔다. 이제 조금만 더 있으면 소장을 달 수 있는 시기였다.

"네가 입만 다물어 주면……."

"그래 주면 뭘 어쩐다고요? 당신하고 나하고 이미 남남 아니에요?"

"그건……."

"재혼이라도 해 주려고요? 당신같이 여자 좋아하는 사람이 아직도 재혼 안 했다고요? 그 말을 믿어 달라는 거예요?"

남궁신희가 억울하다는 듯 말하자 남자는 입술이 바짝바짝 말랐다. 실제로 이미 재혼한 상황이니까.

"내가 미안하다. 그러니까 이번만 입을 다물어 주면 내가 보상은 충분히 해 줄게. 2억, 아니 3억 정도는 쉽게 구할 수 있어."

"그 돈 받고 입을 다물어라? 내가 바보야? 심대유 그 사람이 시킨 거야?"

"어허, 야."

"야고 뭐고, 그냥 자수하겠다니까 그때 뭐랬어? 장군님 다치신다고 입 닥치라고 했던 건 당신이잖아? 그러고는 나중에 가서 이혼하자고, 안 그러면 신고한다고 한 것도 당신 아니야?"

"그건……."

남자는 아무런 말도 못 했다. 부정할 수가 없었으니까.

장군이었던 심대유를 지키기 위해 한 일이었지만 그렇다고 해서 맘이 편한 건 아니었다.

"아니, 그게 아니잖아."

"아니긴 뭐가 아니야. 심대유 와이프가 소미한 죽이고 나서 나한테 뭐라고 했는지 알잖아? 신고하면 둘 다 죽여 버린다고, 심대유한테 말해서 산 채로 묻어 버린다고 했어. 그런데 그걸 말하니까, 뭐? 이혼? 그래 놓고 이제 와서 돈 줄 테니까 입 닥치고 있으라고? 내가 미쳤어?"

남궁신희는 속에 품고 있던 분노를 그대로 뿜어냈다.

사실 자신이 잘못한 건 안다.

하지만 그 당시에 집중적으로 폭행한 건 박강자다.

자신은 기겁해서 뒤로 빠져 있었을 뿐이다.

그리고 신고하자고 했지만, 그걸 막고 최후에는 협박해서 이혼하게 했었다.

"이혼하고 내가 얼마나 고생했는지 알아? 그런데 이제 와서 입 닥치고 있으라고? 장군님! 장군님! 그놈의 장군님! 그렇게 장군이 중요해? 가족들보다?"

남궁신희는 자신도 모르게 공격적으로 말했다.

그렇게 한참을 분노하자 조용히 듣고 있던 남자는 결국 본심을 드러냈다.

"그래서? 죽고 싶어?"

"뭐?"

"죽고 싶냐고. 그래서 입을 나불거리시겠다? 너 같은 년 감옥 보내는 게 어려울 줄 알아?"

남자는 피식하고 전처에게 비웃음을 날렸다.

"내 말 한마디면 당장 헌병대가 널 잡으러 올 거야. 그곳에서 무슨 꼴을 당할 것 같아?"

그 말을 들은 남궁신희는 갑자기 웃음을 터뜨렸다.

"호호호호!"

"뭐야?"

"호호호호호!"

"이년이 미쳤나?"

바닥까지 데굴데굴 구르는 그녀를 보던 남자는 눈을 찡그렸다.

그러나 가슴 한구석에서 피어오르는 의문점에 약간 걱정이 들었다.

"여전하네, 권력만 있으면 뭐든 할 수 있다는 그 자신감. 하긴, 당신이랑 같이 살 때 그런 사람들 많이 봤지. 장교뿐만 아니라 정신 나간 여편네들도."

본인은 장교가 아니라 민간인임에도 불구하고 병사들을 노예처럼 부리는 사람들은 많았다.

심지어 박강자 같은 경우는 늦은 밤에 다짜고짜 부대로 찾아와서 심대유를 만나려다가 들여보내 주지 않는 초병의 뺨을 때리고 총을 집어 던지고 차로 밀어 버리기까지 했다.

그 결과는, 박강자를 막았던 초병은 영창을 만창으로 다녀왔고 당시 그걸 방치한 당직사관은 보직 해임을 당했다.

설사 박강자가 장교라고 해도 초병을 건드려서는 안 됐다.

하지만 현실은 언제나 시궁창이었다.

"권력만 있으면 뭐든 되는 줄 아나 봐?"

"……."

"그때 내 친구가 했던 말이 생각나네. 군대에서 장군이라고 하면 엄청 무섭고 두려운 사람인데, 제대하고 보니까 동네 아저씨만도 못하더라는."

그 말에 남자는 눈을 찡그렸다.

그럴 수밖에 없는 게, 틀린 말은 아니니까.

군대에서는 생사여탈권을 쥔 사람이기 때문에 저항을 못 하지만, 반대로 군인은 민간인에게 절대 약자가 된다.

"그리고 당신, 아니 너는 군인이고 난 민간인이야. 이미 이혼했고, 서로 아무 사이도 아니지. 그런데 뭐? 끌고 가? 죽여? 웃기고 자빠졌네."

비웃음을 날린 남궁신희는 차갑게 말했다.

"그날 소미한 씨를 죽인 건 박강자잖아? 그런데 이제 와서 입을 다물라고? 왜, 심대유가 대통령이라도 한대?"

"아니, 그게……."

사실 그것도 없는 말은 아니다. 어떻게 해서든 심대유를 대통령으로 올리고 한자리씩 차지하고 계속 권력을 확대해 가는 게 이들 새빛회의 목적이었으니까.

"미안한데 그렇게는 안 될 것 같네. 살인자의 남편이잖아. 그리고 그 사건을 무마한 당사자고. 그런데 대통령을 한다고?"

이것이 법이다

"돈이 얼마나 필요한 거냐? 심 의원님께 말씀드리면 보상은 충분히……."

"필요 없어."

남궁신희는 이상한 낌새를 느끼고 다급하게 입을 막으려고 하는 전남편의 말을 끊어 버렸다.

"이만하면 된 것 같은데, 이 새끼 면상 더 보고 있어야 해요?"

남궁신희는 천장에 감춰져 있던 카메라를 바라보며 말했고, 그 말에 노형진과 오광훈은 차량에서 나와서 그에게 다가갔다.

두 사람을 본 남자는 깜짝 놀라서 다급하게 탈출하려고 했다.

그러나 이미 예상하고 경찰을 배치한 상황에서 탈출은 불가능했다.

그러자 그 남자는 소리를 버럭 질렀다.

"김 상병! 뭐 하는 거야? 막아!"

"네?"

그러자 좀 떨어진 곳에서 차를 두고 대기하고 있던, 그 남자의 운전병이었던 김 상병이 깜짝 놀라서 이쪽을 돌아보았다.

그런 김 상병에게 재차 소리를 지르는 남자.

"당장 막으라고! 명령이야!"

"그……."

김 상병이 나서서 막으려고 하려는 찰나, 노형진이 그를 막았다.

"지금 저희는 살인 협박의 현행범으로 저 사람을 체포하는 겁니다."

"살인 협박요?"

"증거 다 있습니다. 여기 계신 분은 오광훈 검사님이시고요."

검사라는 말에 김 상병의 눈동자가 흔들렸다.

"저는 변호사로서 당신에게 물러나기를 권합니다."

"네? 어째서요?"

"병사라지만 잘못된 명령에 따를 이유는 없거든요. 그리고 잘못된 명령임을 알면서도 따르는 순간 그 책임은 당신이 지게 됩니다."

만일 명령에 무조건 따라야 한다면 민간인 학살 같은 게 아주 쉽게 벌어질 게 뻔하다.

실제로 군법에서도 장교의 잘못된 명령을 무조건 따르는 경우는 처벌의 대상이 된다.

"만일 여기서 당신이 저 장군의 명령대로 행동한다면 이 순간 범인은닉죄가 성립됩니다."

"……."

"하지만 따르지 않는다면 별문제 없을 겁니다. 기껏해야 군기 교육대 정도일 텐데, 그 경우 저희 새론에서 변호사를 파견해 드리지요."

영창이 없어진 덕분에 모든 처벌은 군사법원의 판단을 거쳐야 한다.

물론 가벼운 처벌은 군기 교육으로 끝낼 수 있지만 말이다.

'하지만 과연 군기 교육을 할까?'

군기 교육을 한다는 것 자체가 보복을 의미하고, 그걸 노형진이 문제 삼으면 그걸 명령한 사람은 자연스럽게 심대유가 만든 사조직인 새빛회 소속으로 의심받는다.

사조직의 특성상 발견하기가 쉽지 않기 때문에 국방부에서 할 수 있는 선택지는 단 하나, 내보내는 것뿐이다.

"알겠습니다."

김 상병은 주춤주춤 물러났고, 남자는 오광훈이 다가가자 다급하게 반대쪽으로 도망치기 시작했다.

그러나 오광훈은 따라가지 않았다.

"저 새끼 빤스런 하네."

"아, 빤스런. 하하하."

"응? 왜 웃어?"

"아니, 빤스런의 기원이 군대에서 생긴 거거든. 그런데 군인이 빤스런 한다니 그냥 웃기네."

노형진이 피식 웃는 순간 골목에 숨어 있던 다른 수사관들이 그를 덮쳤고, 남자의 고함 소리가 고래고래 들려왔다.

"놔! 놓으라고! 내가 누군지 알아!"

그러나 민간인만 있는 이 상황에서 그의 말은 이루 말할 수 없이 공허할 뿐이었다.

증거는 확실했고 범인도 체포했다.

그리고 분위기는 완전히 달라졌다.

심대유가 만든 새빛회, 그리고 그 새빛회의 최초 존재 목적이 살인의 은폐라는 것은 심각한 문제였다.

"저는 지금 정치적으로 공격받고 있는 겁니다. 임시국회를 요구합니다."

심대유는 마음이 급해졌다.

자신이 감추고자 했던 진실이 드러났기 때문이다.

사실 무난하게 덮고 넘어갈 수 있을 거라 생각했다.

국방부의 감찰 시스템은 자신이 쥐고 흔들고 있었고, 말만 하면 자신에게 충성할 장군들은 많았다.

그 때문에 어렵지 않게 사건을 덮을 수 있을 거라 생각했다.

전혀 엉뚱한 문제가 자신을 몰락시킬 거라고는 생각 못 했다.

'씨발, 이혼이라니.'

이혼. 그건 권력과 상관없는 개인적인 일이었기에 신경 쓰지 않고 있었다.

하지만 송정한이 뜬금없이 그 말을 하는 바람에, 불안감이 일어 이혼한 사람한테 가서 적당히 입 다물게 하라고 했었다.

그런데 하필이면 거기에서 협박으로 체포당할 줄은 몰랐다.

그리고 그게 도리어 역린을 건드린 셈이 되었다.

빠쳐 버린 이혼당한 두 여자가 범죄를 인정해 버린 것이다.

—그 당시에 현장에 있었습니다. 사건의 주범은 현재 해당 사건을 조사하는 심대유 의원의 아내인 박강자입니다. 그 당시에 저희를 비롯해서 십여 명의 사람들을 데리고 가서 소미한 양을 구타했어요. 저희는 얼어붙어서 아무런 말도 못 했는데 아주 적극적으로 구타하더군요. 그리고 그날 저녁에 사망했다는 소식을 들었어요. 그 사람들이 누구냐고요? 새빛회라는, 심대유가 만든 사조직에 속한 장교들의 아내들입니다. 그 사건 이후로 그 사조직 소속 사람들은 빠르게 성장했지요. 저희는 자수하자고 하다가 이혼당했고요.

두 사람의 증언. 그 증언은 나라를 발칵 뒤집었다.

그냥 증언만 했으면 조작이 가능했을 것이다.

이혼녀가 어떻게 해서든 죄를 만들려고 하는 거라고 했을 텐데, 하필이면 현장에서 두 사람의 전남편이 모두 체포되었다.

그리고 그 과정에서 누가 봐도 사건을 은폐하는 데 힘썼다는 사실을 인정해 버렸다.

심대유는 다급하게 사건을 무마하려고 했지만 이제는 그것도 불가능해진 상황이었다.

"미안하지만 그건 힘들 것 같네."

심대유는 어떻게 해서든 끌려가지 않기 위해 임시국회를 요구했다.

하지만 자유신민당의 의원들은 칼같이 손절을 했다.

"아니, 왜요?"

소위 말하는 방탄국회. 그걸 열어서 시간이라도 벌어 보려고 했다.

그런데 그걸 당에서 거부한 것이다.

"세상이 너무 바뀌었네."

방탄국회는 국회에서 흔하게 벌어지는 일이었다.

방탄국회를 열고 시간을 끌다 보면 개돼지들은 다 까먹을 거다, 그게 국회의원들의 생각이었다.

하지만 지금은 그게 안 먹힌다.

일단 방탄국회를 한다고 해도 과거처럼 사람들이 잊어 먹지를 않는다.

옛날에는 사회적 관심의 주제를 오로지 언론이 공급했다.

그 때문에 방탄국회를 열면서 연예인을 희생양으로 삼으면 어렵지 않게 무마할 수 있었다.

하지만 이제는 그렇게는 안 되는 게 현실.

인터넷은 모든 사건을 기록하니까.

더군다나 지금은 아주 예민한 시기다.

예민할 수밖에 없었다.

"자네 미쳤나? 어? 군 내 사조직을 만들고 그걸로 대권을 노려?"

"그게 불법은 아니지 않습니까?"

"군 내 사조직이 왜 불법이 아니야!"

"아니, 그게 아니라, 저는 국회의원이고 대권을 노리는 거 야……."

"사람들이 그렇게 보겠느냔 말이야!"

사람들은 그렇게 보지 않고 있었다.

대한민국은 얼마 전 군대 사조직의 쿠데타를 겪었다.

대한민국에서 세 번째 쿠데타였고, 민주주의의 몰락의 위험에 있었다.

그래서 과거에 군대 사조직에 대해 불법인 걸 알고 있었음에도 그다지 신경 쓰지 않았던 국민들도, 이제는 군대 사조직이라고 하면 아주 치를 떤다.

그런데 군대 사조직, 그것도 살인을 은폐하기 위해 만들어진 사조직이며, 그들이 추후 대권까지 노리고 있었다는 말에 국민들이 분노하지 않을 리가 없었다.

살인을 은폐하는 그런 군 내 사조직이 다시 한번 쿠데타를 일으키지 말라는 법은 없으니까.

그건 자유신민당도 마찬가지.

입장이 다르고 정치적 견해가 다르다곤 하지만, 그들도 민주주의를 부정할 수는 없다.

그런데 새빛회가 한 모든 행동은 민주주의를 부정하다시피 한 짓이었다.

"미안하지만 이번에는 자네를 도와주지 못할 것 같군."

"이번에는 못 도와준다니요!"

'이번에는'이 아니라 '이번이 끝'이다.

지금 벗어나지 못한다면 심대유는 영영 벗어나지 못한다.

"미안한데 이만 나가 보게."

심대유에게 나가라고 손짓하는 당 대표.

그 말에 심대유는 자신의 인생이 끝장났다는 것을 알 수 있었다.

"심대유가 체포당했습니다."

노형진은 소춘모를 만나서 조용히 말했다.

그러자 소춘모는 쓰게 웃었다.

"그러면 어떻게 되는 겁니까?"

"군 내부에 피바람이 불 겁니다."

군 내 사조직은 절대 불법이지만 알음알음 만들어져 있었다.

하지만 이제 대대적인 박멸이 시작되었다.

홍안수와 손잡지 않았던 장군들 중에서 상당수가 이번 사건으로 옷을 벗을 수밖에 없게 되었다.

"박기훈 대통령이 이번에는 아주 작심한 모양이더군요."

박기훈은 군 통수권자이지만 그렇다고 해서 군대를 완전히 지배하려고 하지는 않았다.

군대라는 조직 자체가 그런 걸 싫어하기에 어느 정도 선을 지켰던 것이다.

하지만 이번에는 달랐다.

박기훈은 군 내부에 사조직에 대한 고발을 명령했다.

그동안 사조직에 대해 따로 조사하거나 한 경우는 있었어도 이렇게 전 군에 군 내부 사조직에 대한 고발을 명령한 것은 처음 있는 일이었다.

그렇게 되는 경우 장교들은 고발할 수밖에 없다.

사조직에 속하지 않은 사람 입장에서는 당연한 일이다.

이건 단순한 권고가 아니라 군 최고 통수권자로부터 내려온 명령이니까.

"아마 사조직이 엄청나게 드러날 겁니다."

친목 단체라는 가면을 쓰고 서로 끌어 주고 밀어주는 사조직이 모조리 드러날 테고, 어마어마한 숫자의 사람들이 옷을 벗을 것이다.

고발하지 않는다면? 그건 명령 불복종이다. 그것도 아주 심각한 명령 불복종.

그 때문에 누군가는 고발할 수밖에 없고, 고발자는 처벌을 면제한다.

"물론 그건 소춘모 씨와는 상관없지요. 중요한 건 이번 사건과 관련해서 소춘모 씨에게 적지 않은 손해배상이 이루어질 거라는 겁니다. 애석하게도 박강자를 비롯한 범인들은 공소시효가 끝나서 처벌은 못 하지만, 사건 자체를 은폐했던 장군들과 장교들은 처벌받게 될 겁니다."

공소시효는 사건이 있었던 시점부터 시작된다.

문제는 이 사건이 있었던 시점의 기준이 어떤 거냐는 거다.

사건의 발생이냐 아니면 사건의 종결이냐.

그리고 일반적으로 사건이 끝나는 시점부터 공소시효가 발효된다고 본다.

가령 사기의 시도가 있었고 돈을 받고 도망갔다면, 돈을 받은 시점이 사건 발생 시점인 거다.

"그런데 이번 사건은 좀 다르죠."

그들은 수십 년 동안 계속 사건을 은폐해 왔다. 즉, 사건의 종료는 자신들에게 걸린 시점에 발생한다.

"그러니 그들을 처벌할 수 있을 겁니다. 당사자들은 형사는 안 되지만 민사로 고발은 가능합니다. 아마 적지 않은 돈을 받으실 수 있을 겁니다."

물론 아무리 돈을 많이 준다고 한다고 한들 과연 소춘모의 절망감에 비하겠냐마는, 그렇게라도 처벌할 수 있는 게 다행이었다.

군대에서 벌어지는 대부분의 사건은 은폐당한 채로, 억울한 죽음도 자살로 몰아가니까.

"하지만 그 돈은 노 변호사님에게 갚아야지요."

"아, 걱정하지 마세요. 그건 채무 부존재 소송을 할 테니까요. 이 경우는 가능할 거라고 보고 있습니다."

군대에서 사건을 은닉하고 조작했다.

그리고 이상함을 느낀 소춘모에게 소송을 통해 안치실 사용료를 내라고 했었다.

하지만 생각해 보면 그 사용료는 발생할 이유가 없었다.

군대에서 제대로 조사했다면 말이다.

사건을 일으킨 건 심대유와 박강자이지만, 그걸 은폐하고 시신을 돌려주지 않고 폐기하려 한 건 국방부다.

"그 돈은 국방부에서 알아서 하겠지요. 엄밀하게 말하면 국방부에서 심대유와 박강자에게 구상권을 청구해야겠지만요."

물론 장군 출신을 최고 존엄으로 취급하는 국방부에서 그걸 해 줄지는 모르지만 말이다.

결국 국방부에서 자신들이 사건을 적극적으로 은폐했기 때문에 이렇게 영안실에 오래 있을 수밖에 없었다는 점을 이용한다면 충분히 가능성은 있다.

"비록 감옥에 보내는 것에는 한계가 있지만요."

"그러면 복수는 지금부터 시작인 건가요?"

"그럴 리가요."

노형진은 실망하는 소춘모에게 말했다.

"사건을 은폐하는 것은 한 사람의 힘으로 안 됩니다."

설사 대통령이 사건 은폐를 명령한다고 해도 그걸 실행하는 것은 결국 아랫사람들이다. 그리고 그 아랫사람들에게 복수하는 것은 지금부터 시작이다.

"걱정하지 마세요. 그들의 몰락은 지금부터니까."

이미 그들에 의해 죄를 뒤집어쓰고 모가지가 날아갈 뻔한 장군들은 이를 박박 갈며 이 잡듯이 사건 관련자들을 털어 내고 있었다.

노형진은 웃으며 말했다.

"이제 복수는 국방부, 아니 정부에서 알아서 해 줄 테니 걱정하지 않으셔도 됩니다."

그 말에 소춘모는 눈물을 흘리며 고개를 숙였다.

"이제 따님을 보내 주실 시간입니다."

20년 만의 이별.

그게 노형진이 두 사람에게 줄 수 있는 유일한 선물이었다.

이것이법이다

영원한 적도 영원한 아군도 없다

　쉬는 날이라고 늘어지게 자고 있던 노형진은 갑자기 자신을 데리러 온 청와대 차량에 정신도 못 차리고 올라탔다.

　"도대체 무슨 일입니까?"

　"지금 생각지도 못한 문제가 생겼습니다."

　"문제요? 무슨 문제요? 아니, 뜬금없이 자는 사람을 태워 놓고 문제라고만 하면 뭔지 어떻게 압니까?"

　"오늘 새벽에 중국의 전략폭격기가 우리 영공을 침범했습니다. 그리고 상당 시간 비행하다가 돌아갔습니다."

　"중국?"

　그 말에 뭔 소리인가 싶었던 노형진은 정신이 번쩍 들었다.

　'아, 그렇구나. 이 시기구나.'

노형진은 힐끔 핸드폰을 확인했다.

오전 11시 30분.

"러시아는요?"

"러시아 역시 9시경 독도 상공을 무단으로 침범했습니다. 어떻게 아신 겁니까? 아직 뉴스에 나가지 않았습니다만?"

"아니, 그냥 그럴 것 같아서요."

노형진은 경호원의 말에 대충 대꾸하고 고민에 빠졌다.

'이 시기부터지, 아마?'

전 세계 패권 전쟁은 아주 극심해지고 있었다.

중국은 힘을 키우면서 전략적으로 세력을 확장하는 데 혈안이 되어 있고, 러시아는 그런 중국과 손잡고 미국을 견제할 생각만 하고 있었다.

그에 반해 미국은 상황이 좀 다르다. 도널드 올드먼이라고 하는 여러모로 역대급의 대통령이 들어서면서 대혼란 그 자체인 상황이다.

좋게 말해서 진짜 역대급이고, 나쁘게 말하면 왜 사업가가 대통령이 되어서는 안 되는가를 보여 주는 전형적인 인간이었다.

그는 모든 정치 사항을 기브 앤드 테이크와 이익으로 나누었고, 그 때문에 전 세계적으로 말도 안 되는 짓거리를 한다고 소문이 나 있었다.

동맹으로부터 고립을 자초하는 등 도널드 올드먼의 행동

은 기괴하기 끝이 없었다.

'그리고 지금부터가 곤란해지지.'

도널드 올드먼의 가장 큰 문제는 재력은 충분하나 정치적 힘이 없다는 것이었다.

정확하게는 정치적 판단력이 너무 부족했다.

'그리고 이번 사건은 그로 인해 발생한 거지.'

단순 전투기도 아니고 폭격기, 그것도 핵 투발이 가능한 다른 나라의 폭격기 두 대가 유유히 한국 상공을 순회하다 돌아갔다.

'그 당시에 정부에서는 사건을 축소하려고 아주 혈안이 되었지만.'

그럴 수밖에 없었다는 건 이해가 간다.

러시아와 중국은 한국에 경제적으로 아주 중요한 나라들이라서 그들과의 거래가 끊어지면 한국의 경제는 흔들릴 수밖에 없는 상황이 된다.

하지만 축소해서는 안 되는 사항이었다.

전투기가 아니라 폭격기다. 그것도 조기 경보기와 팀을 이룬 폭격기. 그 말은 유사시 핵폭탄도 투하할 수 있다는 소리다.

'당장 일본이 왜 쿠릴열도에 대해 입 닥치고 있는지 모르는 건가?'

쿠릴열도는 원래 2차세계대전 이전에는 일본 땅이었다.

하지만 2차세계대전 중 러시아가 점령했고, 일본은 툭하면 한국의 독도처럼 자기네 땅이라고 주장했다.

그럴 때 러시아가 쓰는 방법이 바로 핵 투발이 가능한 폭격기를 보내는 것이다.

일종의 협박인 셈인데, 그걸 보면 일본은 입을 꾸욱 다문다.

인류 역사에서 유일한 피폭 국가니까.

'그런데 그런 폭격기를 한국에 보냈다?'

협박 말고는 다른 의미가 없다.

"후우, 머릿속이 복잡하네요."

노형진이 머리를 정리하는 사이에 차량은 청와대로 들어갔다. 회의실은 수많은 사람들로 대혼란 상태였다.

"러시아와 중국에 항의해야 합니다!"

"항의해야지요!"

"안 됩니다! 러시아와 중국의 시장을 잃을 수는 없습니다."

"그들이 먼저 공격했는데 우리가 왜 물러납니까?"

"경제를 생각해야지요, 경제를!"

대혼란.

그러나 가만히 들어 보면 대부분의 이야기는 한쪽으로 흐르고 있었다.

경제를 생각해서 항의 정도로 끝내고 사건을 무마하자.

'하긴, 이해가 가기는 하는데.'

아마 회귀 전에도 이런 상황이었을 것이다. 그리고 그 때문에 한국은 항의만 했고, 실제로 사건은 흐지부지 끝났다.

"자네는 어찌 생각하나? 상황은 들었지?"

박기훈은 노형진이 들어오자 바로 질문을 던졌다.

노형진은 자리에 앉으면서 자신이 정리한 내용을 말했다.

사실 역사적으로 있었던 일이고 그 때문에 나중에 여러 가지 사실이 알려져서 저들보다는 정보가 좀 더 많았다.

"일단 중국부터 하지요. 두 대가 들어왔다고요?"

노형진의 질문에 누군가 짜증스럽게 답했다.

"그래, 중국 쪽에서 한국 영공을 침범해서 들어왔는데 이걸 그냥 두고 볼 수는 없지 않나!"

화를 내는 그를, 노형진은 힐끔 보면서 다시 한번 질문을 던졌다.

"방공식별구역이 아니라 영공입니까?"

"뭐?"

"방공식별구역과 영공은 전혀 다릅니다. 방공식별구역은, 음…… 이렇게 표현하자면 쉽겠군요. 전방의 비무장지대 같은 겁니다."

"그래서 뭐, 차이가 있어?"

"아니, 그게 얼마나 중요한 건데요."

척 봐도 그는 방공식별구역과 영공의 차이를 모르고 있었다.

그런 사람이 자문 위원이라는 게, 노형진은 참으로 걱정스러웠다.

"여러분도 다 방공식별구역을 침범했다고 들으신 거죠?"

"그래."

"그래서 중국이랑 한판 하자고요?"

"당연하지!"

"미안하지만 그건 안 될 겁니다."

그 말에 친중파와 사건을 덮자던 측의 얼굴에는 미소가 떠올랐고, 반대로 강력하게 항의하자고 하던 측의 얼굴에는 분노가 떠올랐다.

"네놈도 중국에 뭐 받아 처먹었냐?"

"중국에 받아 처먹은 게 문제가 아니라 말입니다."

노형진은 한심스럽게 그런 그들을 바라보았다.

"누가 여기서 방공식별구역이 국제적으로 인정받지 못하고 있다는 것 좀 설명해 주시죠."

"……?"

그 말에 어리둥절한 표정이 되는 자문 위원들.

반면 일부 장성들은 갑자기 모른 척하기 시작했다.

노형진은 그걸 보고 혀를 끌끌 찼다.

'답 나오네.'

그게 뭔지 제대로 이해도 못 하는 사람들에게, 안 그래도 요즘 불안한 상황에서 장성들이 자신들의 목소리를 높일 목적으로 제대로 설명해 주지 않은 게 분명했다.

"그게 무슨 소리인가? 방공식별구역은 국제적으로 인정받는 게 아니라니?"

"일단 방공식별구역이라는 것 자체가 말입니다, 국제적으로 보면 국가들에서 인정하는 라인이 아닙니다. 그냥 자국 내에서 발표하고 외부의 비행기가 그 안에 들어오면 경계 상태가 된다는 일종의 가상의 선이지요."

"영공이랑 달라?"

어이가 없다는 듯 묻는 누군가에게 노형진이 말했다.

"당연히 다릅니다. 영공은 명백하게 우리 하늘이 맞지만 방공식별구역은 방어를 위한 개념이니까요."

"방어를 위한 개념?"

"네."

항공기는 어마어마하게 빠르니, 그게 영공에 들어오고 나서 출동할 경우 이미 그들은 폭탄이든 뭐든 던지고 돌아간 후일 수도 있다.

그래서 국가별로 방어를 위해 만들어 낸 개념이 바로 방공식별구역, 즉 누군가가 동의 없이 그 안에 들어오면 방어를 위해 상대방의 의사와 상관없이 무조건 전투기 등을 발진시키는 라인을 뜻한다.

"그런데 말입니다, 아까도 말씀드렸다시피 방공식별구역은 여러 나라에서 운영하지만 그렇다고 해서 국가들이 그 개념을 다 인정한 건 아닙니다."

"어째서 말인가?"

"이렇게 생각해 보세요. 우리가 방공식별구역을 설정한다

해도, 그걸 어디까지 인정할 겁니까? 당장 북한과 우리는 대치 중이지요. 그러면 우리가 북한의 평양까지 방공식별구역으로 정하면? 북한에서 뭐 하나 뜰 때마다 공군 출동합니까?"

"그건……."

"영공이라면 모를까, 방공식별구역은 최대가 항의입니다. 물론 국민들 입장에서는 속 터질 일이지만 말입니다."

경제적 문제가 아니라 세계적인 기준이 그렇다.

방공식별구역에 관한 건 철저하게 자국 법을 기준으로 만들어진다.

만약 중국에서 한국을 방공식별구역으로 넣는다면?

그러면 한국에서 비행기를 띄울 때마다 허락을 받아야 한다는 소리가 된다.

"당연히 그건 말도 안 되는 소리죠. 물론 법에서 정한 방공식별구역을 무시하는 건 아닙니다."

분명 존재하고, 방공식별구역에 들어가기 전에는 미리 해당 국가에 비행 사실을 이야기하고 허가받는 것이 전 세계적인 예의다. 법은 아니지만, 예의.

"그런데 중국이 언제부터 예의를 따졌습니까?"

"무슨 소리인지 알겠군."

중국은 항의해도 들은 척하지도 않을 테고, 그렇다고 보복하는 건 한국으로서는 약간 부족한 부분이 있었다.

"그래서, 이런데도 대판 하자고요?"

그 말에 조용히 입을 다무는 주전파.

그들이 입을 다물자 무마하자던 자들은 히죽히죽 웃었다.

하지만 노형진은 그들도 가만둘 생각이 없었다.

"그렇다고 그냥 내버려 둘 수는 없지 않겠습니까?"

"뭐?"

"그냥 두면? 중국이 알아서 반성하고 다시는 안 그러겠습니다, 하겠습니까? 최소한 항의는 해야지요."

"아니, 경제를 생각해야지."

'그놈의 경제는 개뿔.'

사실 노형진은 그 경제라는 말에 혐오감을 가지는 편이다.

정확하게는 경제 자체가 싫은 게 아니라, 경제라는 핑계로 자신들의 이익을 챙기는 게 싫었다.

뭐만 하면 경제가 어쩌고저쩌고하면서 입 닥치고 있으라는 경제인들.

"아, 그래서 입 닥치고 중국에서 시키는 대로 하시려고요?"

"뭐?"

"지금 항의하지 않으면 매일 올 텐데요? 중국에서 매일 폭격기 날아오고 그로 인해 전쟁 가능성이 높아지고, 그래서 주가가 떨어지면 여러분이 책임지실 겁니까?"

"……"

물론 책임질 생각은 전혀 없을 거다.

"적당한 선을 지켜서 항의는 해야 합니다. 호구 되고 싶지 않으면."

결국 중국에 대한 항의는 꼭 해야 하는 부분이다.

설사 국내법으로 만들어진 규정이라고 해도, 다른 나라가 그걸 마음대로 위반하는 것은 심각한 결례다.

'이러니까 호구 취급을 받지.'

좋은 게 좋은 거라는 걸 넘어서 이 정도로 호구 취급을 받으면, 재수 없으면 무슨 짓을 당할지 모르는 게 현실이다.

"중국은 항의와 중국 대사 초치, 딱 그 정도가 최선입니다. 일단 드러나는 건 그 정도로 하고, 다른 방법을 찾아야지요."

"다른 방법이라……. 그러면 러시아는?"

"그게 문제죠."

중국은 원래 역사에서도 항의와 중국 대사 초치, 그 정도에서 끝났다.

하지만 러시아는 상황이 다르다.

'러시아 대통령인 라이노프가 워낙 막장이어서 말이지.'

강한 러시아를 외치면서 극단적이고 공격적인 전략을 쓰고 있는 러시아 대통령 라이노프는 러시아 내부에서도 워낙 지지율이 높기 때문에 분명 독재자임에도 불구하고 저항 세력이 거의 없다시피 하다.

사실 그가 대놓고 저항 세력을 죽이는 건 비밀도 아니고 말이다.

'원래 역사에서는 똑같이 항의와 대사 초치가 취해졌었지

만…….'

문제는 지금은 그걸로 끝낼 수가 없는 수준이라는 것.

'이번에는 작정한 것 같은데.'

원래 역사에서 러시아는 2회 침범을 했고 대한민국 공군이 위협사격을 가해야 했었다.

그런데 이번에는 러시아가 2회 침범한 걸 넘어서 아예 대한민국 공군에 경고사격까지 가했다.

원래대로라면 그런 경우 격추해야 하지만, 확전을 우려한 미국의 결사적인 반대로 결국 실행에 옮기지는 못했다.

'절대 쏘지 못할 거라는 걸 안 거지.'

한국은 여전히 러시아를 두려워한다.

사실 러시아 입장에서는 군사력으로 보면 한국을 제압하는 건 어려운 일이 아니니까.

그리고 한국이 겁먹을 거라는 것도 알고 있는 거다.

'미치광이 전략이라…….'

북한에서 써먹는 미치광이 전략을 라이노프 역시 쓰고 있는 거다.

"아군이 공격도 못 하고 도리어 위협사격을 받았다는 건 심각한 문제입니다. 더군다나 하필이면 독도라니."

"도대체 왜 독도에 온 건지 모르겠군."

"일본의 극우 세력 때문일 겁니다."

"극우 세력?"

노형진의 말에 박기훈은 고개를 갸웃했다.

이번 사건과 일본 극우 세력이 무슨 관계가 있단 말인가?

"일본 극우 세력이 이 일과 대체 무슨 관계가 있단 말인가? 일본의 극우 세력은 이제 그다지 힘이 없지 않나?"

야베가 쿠데타를 시도했다가 실패한 후에 자민당 내부의 극우 세력은 극도로 힘을 잃었다.

물론 자민당 자체가 힘을 잃어버린 건 아니다.

여전히 일왕은 헌법에 구속되어 있어서 정치적인 행동은 할 수가 없고, 일본은 세습하는 형태로 국회의원 자리가 대대손손 넘어가는 경우가 많아 대부분의 국회의원들은 자리를 지켰다.

그러나 쿠데타의 반동은 절대 작은 게 아니라서, 그 당시에 적극적으로 야베를 도왔던 극우 세력은 힘을 많이 잃어버렸고, 아이러니하게도 원래 역사와 다르게 지금 한국과 일본은 사이가 좋은 건 아니지만 협력하는 수준까지는 변화해 있었다.

"러시아는 미국을 견제하고 싶어 합니다. 그리고 그러기 위해서는 한국과 일본이 사이가 안 좋아야 하지요."

원래 역사에서 이 시기 일본과 한국의 관계는 극악이었다.

하지만 지금 한국과 일본의 관계는 데면데면한 정도.

'그러니까 역사와 다르게 더 공격적으로 나온 거겠지.'

"독도를 건드리면 일본의 극우파가 발끈할 거라 이거군."

"맞습니다."

일본의 극우파는 세력이 많이 죽긴 했어도 여전히 살아 있다.

그들은 자신들이 다시 살아나고 목소리를 높일 기회를 노리고 있다.

"이번이 그 기회가 될 겁니다."

독도에서 벌어진 한국과 러시아의 발포.

원래 역사에서도 일본 극우파는 왜 자기네 영토에서 그런 짓을 하느냐면서 발끈했고, 그 때문에 한국과 사이가 더 안 좋아졌다.

"하필이면 왜 독도냐? 그건 간단합니다. 일본과 한국의 사이를 틀어 버리기 위해서지요."

"망할."

그 말에 박기훈은 눈을 찡그렸다.

그럴 수밖에 없는 게, 사실상 한국은 사방이 적에게 포위된 국가다.

그나마 일본이 힘이 빠지고 정치 지형이 바뀌면서 덜한 거지, 만일 여전히 사이가 안 좋았다면 일본에서 먼저 지랄하고 난리도 아닐 것이다. 실제 역사에서도 그랬으니까.

한국이 러시아에 항의하려고 하자 일본이 왜 자기네 영토에 관여하느냐고 항의해서 사람들의 불만이 그쪽으로 쏠리는 등, 완전 막장이었다.

"아마 이번 일을 기점으로 일본에서는 다시 극우 세력이 기세를 올리려고 할 겁니다. 독도는 자기네 땅이라면서, 자신들의 영토에서 싸움을 하지 말라고 하겠지요."

극우 세력이 힘이 빠진 건 사실이지만 20년이 넘게 진행된 세뇌까지 풀린 건 아니니까.

당장 일본에는 독도는 자기네 땅이라고 주장하는 사람들이 많다.

"하긴, 그것도 문제이기는 하지. 일본에서 극우 세력이 하는 짓거리를 보면……."

쿠데타 이후에 일본의 교과서에서는 많은 부분이 바뀌었다.

그러자 일본의 극우 세력, 아니 이제는 일반인들이 그걸 받아들이지 못하고 극우 세력으로 넘어가고 있었다.

대표적인 예가 바로 일본의 2차대전 선전포고.

황당한 일이지만 일본은 2차대전이 있었다는 정도로만 역사를 가르칠 뿐, 태평양전쟁이 자신들의 진주만공격으로 인해 시작된 것이라는 사실은 완전히 삭제하고 누구에게도 가르치지 않았다.

그래서 일본의 학생들에게 전쟁은 누가 시작했느냐는 질문을 던지면 상당수가 미국이라고 답했었다.

그걸 정상으로 돌렸으나, 일본인 대다수가 부정하고 있었다.

왜냐하면, 그들이 배운 건 그게 아니니까.

그러니 과거를 인정하지 않으려고 하는 거다.

"마치 한국 교과서에서 진화론을 빼먹은 것처럼요."

한국의 교과서에서는 특정 종교를 위해 진화론을 빼고 창조론을 넣은 적이 있었다.

종교 단체에서 억압하자 정치권에서 표를 노리고 그 지랄을 한 거다.

나중에 그게 전 세계에 소문이 나자 그제야 창피하다고 다시 원래대로 돌렸지만, 해당 종교는 여전히 진화론은 거짓이며 창조론이야말로 진실이라고 주장하고 있다.

그렇게 배워 왔으니 그걸 부정하기 싫은 거다.

"우리와 일본의 사이를 틀어 버리게 하기 위한 거라…….
확실히 좋은 방법이기는 하군."

일본과 한국은 독도에 관해서는 아무래도 사이가 안 좋을 수밖에 없으니까.

미국이 한국과 일본을 이용해서 중국과 러시아를 견제하려고 하는 상황에서 그것만큼 좋은 게 어디 있겠는가?

"확실히 곤란하군."

공식적으로 일본이 반응하지 않고 있지만 그건 어디까지나 극우 세력이 전면에 나설 정도로 힘이 없어서지, 아마 내부에서는 극우 세력이 힘을 모아 어떻게든 반전할 기회를 노리고 있을 가능성이 크다.

"역시 사건을 덮어야 합니다."

"맞습니다. 러시아와 싸울 수는 없습니다."

"역시 러시아도 단순 항의 정도로 끝내는 게……."

대부분의 사람들이 하는 말은 비슷했다.

틀린 말은 아니다. 러시아와 싸울 수는 없다.

노형진도 거기에는 어느 정도 동의한다.

'그렇다고 그냥 당할 수도 없단 말이지.'

이런 협박은 점점 노골적으로 변해 간다.

각 나라의 패권 경쟁은 점점 심해지고, 중국은 러시아와 손잡고 미국의 패권에 도전하게 된다.

'문제는 그 와중에 우리 포지션이란 말이지.'

미국과 러시아 그리고 중국은 서로 으르렁대고 있는데 한국은 이러지도 저러지도 못하는 처지가 된다.

한쪽과 손절을 하자니 경제적인 압박이 너무 심하고, 그렇다고 계속 관계를 이어 가자니 각 나라에서 확실하게 방향을 정하라고 압박을 계속한다.

'그냥 두는 것도 한계가 명확하고.'

러시아와 중국은 한국을 사실상 미국의 대리인쯤으로 본다. 그래서 한번 밟아서 혼내 주겠다고 으르렁거리고 있다.

"제가 보기에 이건 그냥 넘어가면 호구가 됩니다."

"하지만 우리가 전쟁을 일으킬 수는 없지 않나? 중국이야 자네 말마따나 항의 정도밖에 못 하는 게 현실적으로 맞다고 해도 러시아는……."

러시아는 명백하게 한국을 도발했다.

'러시아라……'

러시아. 확실히 부담스러운 나라다.

'누구 말마따나 단군이 분양 사기를 당했나.'

아무리 이웃한 국가들끼리는 사이가 좋기 힘든 게 현실이라고 해도, 한국은 유독 주변에 강대국이 가득하다. 일본, 중국, 러시아까지.

그나마 국민들 사이에서 이미지가 좋은 나라가 러시아지만, 사실 러시아도 한국에 우호적인 건 아니다.

일본과 중국이 워낙 적대적이고 병신 같은 행동을 많이 해서 그런 거지.

"미묘하군."

항의는 하되 러시아가 전면적으로 싸우려 들게 해서는 안 되며 동시에 한국을 건드리기 껄끄럽게 하는 정치적 선택은 절대 쉬운 일이 아니었다.

그런데 그 상황에서 노형진이 생각지도 못한 카드를 꺼내 들었다.

"이번에는 우리 힘만으로는 안 됩니다. 미국을 이용하는 게 어떨까 싶습니다만."

"미국? 미국을 지금 어떻게 이용하자는 말인가?"

"간단합니다. 지금 미국이 우리에게 요구하는 게 뭔지 아시지 않습니까?"

"끄응, 그야……."

미국은 현재 한국에 주한 미군의 주둔비를 더 올려 달라고 요구하고 있다. 그런데 이게 문제가 된다.

사실 한국은 주둔비를 적게 지급하고 있는 게 아니다.

정확하게는 다른 나라에 비해 더 많이 지급하고 있으며 그 중 일부는 주일 미군의 유지에 들어가고 있다.

즉, 한국은 주한 미군의 보호를 받는 동시에 주일 미군의 주둔비를 주고 있는 상황이다.

그런데 도널드 올드먼은 그걸 100% 올리기를 요구하고 있다.

다른 나라에도 같은 요구를 하느냐 하면, 그것도 아니다.

오로지 한국에만 이렇듯 집요하게 요구하고 있다.

"일단 제 계획은, 미국과 주한 미군 협상을 파투 내는 겁니다."

"뭐?"

노형진의 말에 박기훈은 눈을 크게 떴고, 일부 자문 위원은 갑자기 소리를 지르면서 화를 냈다.

"이 빨갱이 새끼!"

"각하! 저 빨갱이 새끼를 당장 국가보안법 위반으로 체포해야 합니다."

눈이 돌아가서 빨갱이 타령을 하는 일부 사람들을 보고 노형진은 혀를 끌끌 찼다.

"각하, 저 사람들을 자문으로 두고 계속 진행하시겠습니까? 그냥 다 퍼 주고 말까요? 해결책도 없이요."

그 말에 박기훈은 그들을 보다가 조용히 말했다.

"지금 소리 지른 분들 다 나가세요."

"가…… 각하!"

"그놈의 빨갱이 소리에 질려 버린 게 납니다. 국제 관계에는 영원한 적도 영원한 아군도 없어요. 그런데 무슨 일을 하려고 할 때마다 빨갱이 소리로 다 막아 버린다면 무슨 외교를 하란 말입니까?"

박기훈의 말에 일부 사람들도 그들을 공격했다.

사실 공격이라고 보기도 애매하기는 했다. 불만의 토로에 가까웠지.

"당신들 말이야, 자문 위원이라는 개념은 있는 거야?"

"빨갱이가 뭐야, 빨갱이가?"

"나는 그럼 뭐, 친일파냐?"

자문하는 사람들은 현실적인 판단하에 문제 해결 방안을 제시할 수 있어야 한다. 그런데 툭하면 빨갱이라는 말을 하는 인간이, 과연 그게 가능할까?

"나가세요."

"가, 각하."

"나가세요."

박기훈의 말에, 빨갱이라고 소리 질렀던 사람들은 고개를 푹 숙였다.

그 모습을 본 박기훈은 그제야 만족스러운 얼굴로 노형진에게로 시선을 옮겼다.

"좋습니다. 노형진 자문 위원, 의견을 한번 말해 보세요."

"일단 미국은 한국에 주둔군을 계속 유지하려고 할 겁니다."

"그래서요?"

"그리고 그 비용을 점점 늘려 가겠지요."

실제로 한국은 전 세계에서 국가 규모 기준 제일 많은 주둔비를 내고 있는 호구나 다름없었다.

"그러니까 우리는 이참에 아예 협상을 파투 내는 겁니다."

"음…… 그렇게 되면 분명 미국은 주한 미군을 빼려고 할 겁니다."

실제로 그렇게 협박하고 있다.

하지만 노형진은 고개를 절레절레 흔들었다.

"미국은 절대 주한 미군을 못 뺍니다."

"중국 견제용이라 이겁니까?"

애초에 한국이 1 : 1로 싸웠을 때 북한을 이길 수 있는 건 기정사실이다.

그럼에도 불구하고 주한 미군이 주둔하는 이유는 간단하다. 중국과 러시아를 막기 위해서다.

"과거에는 군대에서 인계 철선 어쩌고저쩌고했지만 그건 미국에서 부정했지요. 즉, 전쟁이 터진다고 해서 미국이 무조건 참전할 거라는 보장은 없습니다. 실제로도 그렇고요."

한국과 미국의 상호방위조약은 '참전할 수 있다'지 '참전해야 한다'는 게 아니다.

"물론 그렇다고 해서 참전을 안 할 리는 없지만요."

즉, 주한 미군은 병력을 줄일 수는 있을지언정 완전히 뺄 수는 없다.

"사실 우리나라의 가장 큰 문제는 탄의 수급이죠."

"하긴, 그건 그렇지."

박기훈은 군 통수권자로서 그 문제에 대해 잘 알고 있었다.

대한민국은 군 병력은 많지만 정작 군수물자는 많지 않다.

그게 무슨 소리냐면, 군 병력은 충분하지만 정작 가지고 있는 소총탄이나 포탄 등이 충분하지 않다는 거다.

그럴 수밖에 없는 게, 한국의 기본 전투 개념은 비상시 미군이 그러한 탄환을 지원해 주는 것이니까.

"바로 그래서 문제가 생깁니다. 주한 미군이 철수하면서 탄까지 가지고 간다면 실질적으로 전력의 공백이 생깁니다. 그것도 아주 심각한."

전쟁이 발발하면 들어가는 포탄이나 총알의 양은 어마어마하다. 하지만 한국 정부가 가진 탄환으로는 장기전으로 가지 못한다.

"그러니까 그걸 이용해서 우리는 다른 방향으로 미국을 압박해야 합니다."

"다른 방향이라고 하면?"

"탄을 대체할 수 있는 무언가라는 게 중요한 거죠."

"무슨 말인지 모르겠군."

"이번 상황은 명백하게 러시아의 침략 징후입니다. 아주 심각한 문제죠."

"그런데?"

"그런데 이 와중에 갑자기 주한 미군이 철수한다고 발표하면 어떻게 되겠습니까?"

노형진이 조용히 자신의 계획을 말하자, 박기훈은 헛웃음을 흘렸다.

"확실히 가능하겠군. 그건 러시아에서 뭐라고 할 수 있는 문제도 아니지. 아니, 뭐라고 하기도 그렇고 말이야."

"그렇습니다. 이참에 아예 미국을 혼쭐내 주면서 동시에 러시아도 곤혹스럽게 만들어야 합니다."

"하지만 그게 가능할까?"

"가능할 겁니다. 지금 국민들은 미국의 과도한 방위비 인상 요구에 불만을 가지고 있습니다. 그리고 사실상 러시아가 공격을 위해 간 본 거라고 생각하고 있지요."

정확하게는, 국민들은 그렇게 알아야 한다.

"그리고 그 상황에서 우리가 살짝만 밀어주면 아마 난리가 날 겁니다."

박기훈은 슬쩍 다른 사람들을 돌아보았다.

더 좋은 방법이 있으면 말하라는 의미였다.

하지만 누구도 입을 열지 않았고, 그렇게 노형진의 계획이 시작되었다.

그날 저녁, 한국 정부는 공식적으로 언론에 발표했다.

사실 원래 역사에서는 어떻게 해서든 사건을 무마시키기 위해 거짓말을 하는 바람에 일이 더 커졌다.

명백하게 고의로 선을 넘어온 것인데 실수였다고 하거나, 실제로 사과한 적도 없는데 러시아 정부에서 사과했다고 발표해서 도리어 우리는 사과한 적이 없다고 러시아에서 항의하게 하는 등의 일이 벌어졌었다.

하지만 이번 사건과 관련해서는 완전히 달라졌다.

-러시아 정부는 명백히 한국의 땅인 독도를 무단으로 침범하여 대략 두 시간 동안 체공하였고, 그 과정에서 한국 전투기의 공포 사격에 대응하여 수천 발을 발포하였습니다. 다행히 아군의 피해는 전무한 것으로 보아 아군 전투기에 대한 단순 위협사격으로 보이나, 한국 땅인 독도 상공에서 벌어진 이러한 위험천만한 행동은 명백한 러시아의 침략 행위로 봐야 할 것입니다.

과거와 다른, 명백하게 적대적인 발표.

안 그래도 이번 사건에 대해 발표를 기다리고 있던 국민들은 난리가 났다.

"러시아가 왜 그런 거지?"

"러시아가 침략 국가인 건 사실이잖아. 얼마 전에 크림반도 흡수한 것도 봐."

"설마, 그런다고?"

"야, 농담 같냐? 크림반도 빼앗긴 우크라이나도 설마라고 생각했을걸."

명백한 한국의 항의.

그에 대해 러시아는 아주 천연덕스럽게 거짓말을 했다.

―우리 러시아는 한국의 영토를 침범한 적이 없습니다. 한국이 주장하는 독도는 리앙쿠르트 암초로, 국제적으로 누구의 소유도 인정되지 않습니다. 도리어 한국 정부는 러시아 공군을 공격하고 우리 조종사를 위협하였습니다.

러시아 입장에서는 일본과 한국이 싸우기를 원해서 일부러 독도에서 그런 무력행사를 한 거다.

아니나 다를까, 일본의 극우 세력이 발끈했다.

―다케시마는 한국에서 불법점유하고 있는 명백한 일본의 영토이다. 왜 남의 영토에서 서로 전투를 벌이는가? 두 나라는 당장 사과하고 재발 방지를 약속하라.

각자 자기 할 말만 하고 있는 그 상황.

당연히 한국 정부에서는 일본에 강력한 항의를 했다.

왜냐? 일본이 자국 땅이라고 발표했으니까.

그러자 그나마 좋아지던 관계가 갑자기 찬물을 뒤집어쓰면서 경직되기 시작했고, 딱 여기까지는 러시아가 원하는 대로 상황이 흘러갔다.

한국에 경고를 주면서 동시에 일본과의 관계를 틀어 버리는 결과 말이다.

하지만 노형진은 그들에게 놀아나고 싶은 생각이 전혀 없었다.

그리고 그렇게 혼란스러운 와중에 방위비 분담 협의가 이루어졌다.

그런데 그 상황에서 한국의 대표는 미국 대표에게 생각지도 못한 불만을 터트렸다.

"왜 출격을 안 했습니까?"

"뭐요?"

"분명 러시아 항공기, 그것도 핵 투발 항공기의 한국 침공 상황입니다. 그런데 왜 주한 공군은 출격을 안 했느냔 말입니다."

"한국 전투기들이 출격했잖소?"

"상대방이 누군지 몰라서 그럽니까? 한국 공군으로는 러시아 공군을 상대하는 데 한계가 있단 말입니다."

사실 틀린 말은 아니다.

한국 정부 입장에서 러시아는 여전히 위협적인 존재이고, 동시에 경제적으로 이런저런 문제가 연관되어 있어서 섣불리 어찌할 수가 없는 대상이다.

그에 반해 주한 공군은 다르다.

주한 공군은 명백하게 미군의 전투부대이고, 미군이 출격하면 러시아는 국제적인 분쟁을 피하기 위해서라도 철수할 수밖에 없다.

"뭘 그런 걸 가지고 그러시오?"

"그런 걸 가지고 그런다니? 지금 농담합니까? 러시아의 핵 폭격기가 미국 알래스카 상공을 날아다녀도 그런 소리가 나올까요?"

그나마 미국은 땅이라도 넓지, 한국은 땅도 좁아서 핵폭탄 하나만 맞아도 나라 전체가 방사능에 오염되어 버릴 가능성이 크다.

"애초에 주한 미군이 존재하는 이유가 뭡니까? 한국의 방어를 위해서 아닙니까? 그런데 정작 한국이 공격당하고 있는 상황에서도 구경만 합니까?"

"그건 합참에서 결정한 거 아니오?"

"이미 한국 쪽 대표에게 이야기 들었습니다. 주한 미군 쪽에서 주한 공군의 출격은 없을 거라고 했다고 하더군요."

이 또한 틀린 말은 아니다.

러시아가 미치지 않고서야 갑자기 한국에 핵을 투발할 리가 없고, 그건 미군도 안다.

그러니까 러시아에서 그 깽판을 치는데도 주한 공군이 출격하지 않은 것이다.

정확히는 주한 공군 역시 러시아 공군과 마찬가지로 서로 위협사격을 하게 되면 머리 아파지니까 자리를 피한 게 맞다.

그러니까 한국에서만 곤란해할 뿐, 미국과 러시아는 서로 관련이 없다는 식의 선 긋기를 하려고 한 것이다.

국제적 분쟁에서 빠지려고 말이다.

바로 그런 판단이 노형진이 노린 부분이었다.

"주한 미군은 한국을 수호하기 위해 주둔하고 있습니다. 그런데 핵 위협을 받고 있는 상황에서도 구경만 한다? 아무래도 이번 협상은 좀 생각해 봐야겠군요."

"뭐요?"

한국 측 대표의 말에 미국 측 대표는 당황했다. 그 말이 이해가 되지 않았으니까.

하긴, 지금까지 쩔쩔매면서 깎아 달라, 계속 주둔해 달라 한 건 다름 아닌 한국이었다.

그런데 갑자기 돌변해서 협의를 안 하겠다니.

"지금 우리보고 주한 미군을 철수하라는 겁니까?"

아니나 다를까, 지금까지 하던 것처럼 자연스럽게 위협 아닌 위협을 하자 한국 측 대표는 눈을 찡그렸다.

"지금 협박하는 겁니까?"

"협박이 아니라, 주한 미군의 주둔비를 아끼기 위해서는 어쩔 수 없지 않습니까?"

천연덕스럽게 말하는 그에게 한국의 대표는 고개를 절레절레 흔들면서 뭔가를 던졌다.

"이게 뭡니까?"

"오늘 아침 신문입니다. 사설 한번 보시죠. 그 옆에 번역본을 붙여 놨으니까."

그 말에 사설을 읽기 시작한 미국 측 대표의 얼굴이 점점 굳어 갔다.

사드, 과연 한국을 위한 방어선인가, 아니면 일본을 위한 방어선인가?

한국에 설치된 사드는 미국의 강력한 요구로 인한 것이었다.

그 대신 미국은 한국에 핵우산을 제공한다고 약속했다.

하지만 이번 러시아 핵 폭격기의 한국 침공 사건에도 미 정부는 사드를 기동시키지 않았을 뿐만 아니라 공군의 출격까지 막은 것으로 드러났다.

러시아의 핵 폭격기는 한국의 동해를 수십 분간 비행하였으며, 그 과정에서 두 나라의 전투기들은 위협사격을 하고 플레어를 발사하는 등 일촉즉발의 상황이 발생하였다.

하지만 미 정부는 주한 공군의 출격을 막았다.

그동안 사드를 통해 핵우산을 제공하겠다고 주장한 것과 달리 방어조차 도와주지 않은 것이다.

한국은 미국의 요구에 따라 사드를 배치한 결과 중국의 보복을 받아 한한령이 떨어져 어마어마한 금전적 손해를 봤다.

더군다나 전문가들의 의견에 따르면 한국이 북한의 핵미사일을 방어하기 위해서는 훨씬 위쪽으로 배치되었어야 정상이며, 현재 위치에서 방어가 가능한 최적의 장소는 한국이 아니라 일본이라고 한다.

즉, 사드 자체가 애초에 한국 방어와는 상관없이 일본의 방어를 위해 배치한 것을……

⚖️

언론에 사설이 나가자 국민들의 여론은 들끓기 시작했다.

"이런 식으로 방향을 돌리나?"

김성식은 기가 차다는 듯 노형진에게 물었다.

"뭐, 사드에 대한 분노가 사라진 건 아니니까요."

사드, 미국의 핵미사일 방어 체계를 설치하는 바람에 한국 정부는 중국 정부에 엄청난 압박을 받았고, 그로 인해 어마어마한 적자를 감당해야 했다.

그러나 사람들은, 중국이 밉기도 하고 또 중국과 북한의 핵미사일에서 자신들을 지킬 수 있다는 생각에 적극적으로 항의하지 않은 것이다.

"하지만 이번 사건으로 주한 미군의 한반도 수호 의지에 대해 의심이 생겼을 겁니다."

물론 주한 미군 입장에서는 국제적 분쟁을 피하기 위해 그런 것이지만 그건 어디까지나 미국 입장.

안 그래도 터무니없는 돈을 내놓으라고 요구하던 중에, 비상 상황이 터졌음에도 불구하고 주한 미군은 꼼짝도 하지 않았다.

"더군다나 지금 도널드 올드먼이 사실 믿음이 있는 대통령은 아니지 않습니까?"

"하긴, 틀린 말은 아니지."

극단적 자본주의, 그리고 극단적 이기주의가 바로 현재 대통령인 도널드 올드먼의 성향이다.

원래 국가 간의 관계나 조약은 우습게 볼 만한 게 아니다.

조약은 단순한 약속을 넘어서 미래에 대한 보증 같은 거니까.

가령 무기 감축 조약을 맺고도 상대방에게만 감축하라고 하고 정작 자기들은 감축하지 않으면 누가 그 나라를 믿겠는가?

"아시겠지만 국제사회에서 그러한 조약은 아주 중요한 겁니다. 하지만 지금 도널드 올드먼이 탈퇴한 조약이 한두 개가 아니지요?"

"맞아."

작계는 이산화탄소 배출 감소에 관한 조약에서부터 크게

는 무역 조약까지, 도널드 올드먼은 자신에게 불리하다고 생각하는 모든 조약을 탈퇴하고 있다.

그 때문에 도널드 올드먼에 대한 전 세계의 분위기는 절대 믿지 못할 놈이라는 성향이 강하다.

그런데 그런 상황에서, 한국 상공을 러시아 핵 투발 폭격기가 전투기와 함께 유유히 날아다니는 걸 구경만 했다?

"한국을 지켜 주지 않을 거라는 느낌이 강하군."

"더군다나 미국은 한국에 터무니없는 주둔비를 요구하고 있는 상황이지요."

국민들 입장에서는 그냥 돈만 처먹고 튀겠다는 걸로밖에 안 보인다.

"그렇다고 해서 미국이 주둔비 협상에서 물러날 것 같지는 않네만?"

"아, 물론 안 물러날 겁니다. 알아요."

노형진은 고개를 끄덕거렸다.

"그리고 제가 노리는 게 그거죠. 예상대로 미국은 병력을 빼겠다는 말로 우리를 압박하고 있지요."

사실 그동안 미국은 그런 식으로 한국과의 협상에서 유리한 고지를 점령하곤 했다.

주한 미군이 철수한다고 할 때마다 극우파에서는 나라가 망한다고 정치권을 압박했고, 극우 세력은 그들의 압력에 따라 어쩔 수 없이 주한 미국의 주둔비를 계속 올려 줘야 했다.

즉, 이번에는 요구 비용이 너무 높아서 문제가 되는 거지 과거에도 안 올려 준 건 아니었다.

"하지만 이번에는 아마 반응이 제법 다를 겁니다, 후후후."

세상에 믿을 놈이 없다

예상대로 한국 정부에서 러시아의 그러한 침략성 비행을 심각하게 받아들이든 말든 미국은 오로지 주둔비 인상에만 관심이 있었다.

"한국 정부는 땡전 한 푼 못 올려 준다고 난리더군요."

"망할 옐로 몽키 같으니라고. 달라고 하면 그냥 닥치고 주지."

"하지만 한두 푼도 아니니 원."

"대통령 각하께서는 어떻게 해서든 이걸 통과시키라고 하고 계시네. 그래야 재선을 할 수 있는 바탕이 되니까."

미국의 대표들이 있는 주한 미군 사령부는 대통령을 위해 이번에 어떻게 해서든 인상 폭을 최대한 올려야 했다.

"하지만 한국의 분위기가 심상치 않습니다. 러시아가 쏠

데없는 짓을 해서……."

"멍청한 러시아 놈들 같으니라고. 왜 한국을 건드리는 거야?"

"러시아가 지금 중국과 손잡고 우리를 견제하고 싶어 하지 않습니까?"

"그렇지."

"그게 이유일 겁니다."

한국에 위협을 줄 겸 독도를 이용해서 한국과 일본 사이를 갈라놓을 겸 말이다.

"솔직히 러시아의 계획이 지금 먹히고 있지 않습니까?"

"끄응…… 그도 그렇군."

한국 정부는 러시아에 격하게 항의하면서도 동시에 일본 정부에 항의하고 있고, 일본 극우 세력은 이번 기회에 다시 한번 권력을 잡아 보겠다고 독도 위에서 벌어진 전투를 자국 내에서 벌어진 전투라며 명백한 주권 침해 행위라고 주장하고 있다.

사실 이런 상황에서는 어떻게 해서든 미국이 둘 사이를 중재하면서 풀어 줘야 하는데 그게 쉽지 않다.

"망할 정치인 놈들."

전임 대통령은 오래 정치했지만 한국은 버리고 일본만 물고 빨아서 한국과 미국 사이가 틀어져 버렸고, 이번 대통령은 국제 관계는 신경도 안 쓰고 오로지 돈, 돈, 그놈의 돈만 이야기하고 있는 상황.

"그나저나 협상을 어떻게 해야 할지 모르겠군. 저렇게 극단적으로 나온다고 진짜 주한 미군을 철수할 수도 없고."

심지어 현 대통령인 도널드 올드먼은 중국을 견제하는 데 혈안이 되어 있다.

물론 그게 나쁜 건 아니다.

다른 정치인들이 봐도 중국은 이제 선을 넘어서 미국을 노리는 적성국이 되었으니까.

그런데 그럴 거면 중국과 싸울 수 있는 아군을 만들어야 하는데, 도리어 기존의 아군에게서 돈을 뜯어내기 위해 혈안이 되다니.

"일단은 우리가 어쩌겠나? 시키는 대로 해야지."

대표단의 리더가 그렇게 쓰게 웃을 때, 갑자기 한 직원이 심각한 얼굴로 들어왔다.

"왜 그러나? 표정이 왜 그래? 본국에 무슨 안 좋은 일이라도 있나?"

"그게 아니라…… 아무래도 상황이 심각해진 것 같습니다."

"심각?"

"한국에 정책을 거래하는 사이트가 있는 거 아시죠?"

"아, 알지. 그건 나도 알고 있네."

기존의 한국에서는 정치인들에게 권력을 주고 나면 그냥 구경만 해야 한다는 문제가 있었다.

하지만 새로운 정책 기부 사이트가 생기고는 상황이 좀 달라졌다.

자신이 원하는 정책에 기부해 두면 그 정책을 지지하는 국회의원들이 심사를 통해 나중에 기부금을 가져가게 되니 옛날처럼 헛된 공약을 하지 못하게 된 것이다.

"그게 왜?"

"그쪽을 감시하던 팀에서 보고가 올라왔습니다. 그런데 생각지도 못한 내용이 있습니다."

"뭔 내용인데?"

"한국의 핵무장에 대한 내용입니다."

"한국의 핵무장?"

그 말에 대표단의 얼굴이 굳어졌다.

한국의 핵무장. 이건 쉽게 넘어갈 수 있는 문제가 아니었다.

"잠깐. 그거 확인할 수 있나?"

"이미 번역본을 출력해 왔습니다."

그 말에 다급하게 받아 들어 읽기 시작하는 팀장.

그의 얼굴은 곧 딱딱하게 굳었다.

미국은 한국을 뜯어먹을 생각만 하고 있습니다. 러시아의 위협으로 인해 한국에 핵 폭격의 위기가 닥쳐왔음에도 불구하고 구경만 하고 출격도 하지 않았습니다.

심지어 출격해 달라는 부탁조차 무시했습니다. 그러면서 현재는 주한 미군의 주둔비를 무리한 수준으로 올려 달라고 하고 있습니다.

그리고 얼마 전 뉴스를 보셔서 아시겠지만 현재 한국이 제공하는 주한 미군 주둔비의 일부는 주일 미군의 주둔비로 전용되고 있습니다.

즉, 미국은 한국을 지킬 의사가 없으며, 미국이 생각하는 최종 방어 라인은 한국이 아니라 일본입니다.

비상시 미국은 한국을 버릴 가능성이 높습니다.

이 상황에서 가장 큰 문제는 바로 어마어마한 양의 군수물자입니다. 한국은 그 물자를 생산하거나 보관할 여력이 되지 않습니다.

경제적으로 한계가 있을 수밖에 없는 현 상황상, 한국을 지킬 수 있는 유일한 방법은 단 하나, 바로 핵폭탄입니다.

미국의 핵우산이 사실상 거짓말이라는 게 드러난 이상 그것만 믿고 있을 수는 없습니다.

핵을 가져야 합니다. 우리 한국핵무장협의회는 이번 기회에 핵무장을 해야 한다고 주장합니다. 더 이상 주한 미군의 가짜 핵우산과 거짓말에 속지 말아야 합니다.

이번 사건에서 보다시피 주한 미군은 한국을 지킬 의사가 없습니다.

핵을 무장합시다. 우리는 핵무장을 통해 한국을 지켜야 합니다.

"이게 뭔 소리야?"

"말 그대로입니다. 핵무장에 관해 민간에서 나온 주장입니다."

"아니, 이게 진지하게 할 말이야? 난 또 뭐라고."

팀장은 잔뜩 얼어붙은 부하의 얼굴을 보며 피식하고 비웃음을 날렸다.

그럴 수밖에 없는 게, 사실 핵무장을 해야 한다고 주장하는 놈들이 전 세계 인구의 30%는 될 테니까.

자신의 나라가 강해지는 걸 싫어하는 사람은 없고, 특히 힘이 없는 나라의 경우는 비대칭 전력이 절대적으로 필요하다.

당연히 힘, 즉 핵을 가지고 싶어 하는 건 특별히 이상할 것도 없는 일이다.

"하지만 보스, 중요한 건 그 부분이 아닙니다. 그 아래, 금액을 보셔야 합니다."

"금액?"

뭔 소리인가 하고 아래 금액을 확인한 보스의 얼굴이 다시 딱딱하게 굳었다.

"지금 한화로 500억이 넘게 모였다는 거야?"

"제가 출력할 때에는 그랬습니다. 지금은…….'

인터넷으로 들어가서 다시 한번 확인한 부하는 조용히 말했다.

"580억이 모였습니다."

"아니, 미친! 한국 놈들, 미친 거 아냐?"

"보스, 보스 스스로도 방금 말하지 않았습니까? 힘을 가지는 걸 원하지 않는 국민은 없다고. 그리고 한국이 어떤 나라입니까?"

"이런 씨발."

한국은 평화의 나라라고 하지만 동시에 호전적인 나라다.

선공은 안 하지만 반격할 때는 확실하게 상대방을 박살 내는 나라.

애초에 한국의 방어 시스템은 소위 고슴도치 전략이라고 부르는 독침 전략으로 운영된다.

이게 무슨 소리냐면, 선공을 하지는 않지만 선공을 당한다면 둘 중 하나는 뒈질 때까지 싸우는 게 목적이며, 필연적으로 이쪽이 죽는 한이 있어도 상대방 또한 반쯤은 모가지를 끊어 버리거나 최소한 팔다리는 잘라 버리는 게 기본 전략이다.

어쩔 수가 없는 게, 한국의 위치가 너무 지랄맞아서 적대국들에 포위되어 있고 그 적대국들이 죄다 세계 레벨의 군사 강국들이라 어중간한 방어 전략으로는 먹혀도 벌써 먹혔을 테니 이는 거의 유일한 선택지일 수밖에 없었다.

그러한 소위 말하는 독침 전략은 필연적으로 국민들의 호전성을 키우게 된다.

"대한민국의 남자들은 다 군대를 갑니다."

"설마……."

"네. 지금 소문이 나서, 그야말로 온 국민이 핵무장성금을 미친 듯이 들이붓고 있습니다. 이 580억이 오래 모인 게 아닙니다. 어제저녁에 열렸습니다."

"지금 스물네 시간도 안 되었는데 580억이 모였다는 거야?"

"네."

"이런 미친……."

그 말에 보스는 입을 쩍 벌렸다.

한국 정부에서는 핵무장을 거부한다고 하지만 이미 주한 미군이 보호를 포기했다는 분위기가 팽배하다. 그 상황에서 차라리 주한 미군을 내보내고 그 돈으로 핵무장을 하자고 추가로 돈까지 모아 두고 시작하면…….

"이건 심각한 문제입니다."

그럴 수밖에 없는 게, 이 돈은 국가에 주는 게 아니라 정치인에게 주는 거다. 즉, 정치인들이 모여서 핵무장을 주장하여 법안을 통과시키면 그들에게 수백억의 돈이 생기게 된다는 거다.

대부분의 정치인들은 공공의 이익보다 자기 이익을 위해 움직인다는 건 다들 아는 사실이니, 결과적으로 국회에서 핵무장을 주장하기 시작하면 한국의 핵무장 논의는 점점 더 강해질 수밖에 없다.

더군다나 자신들이 한국에 와 있는 이유가 뭔가? 어떻게 해서든 돈을 뜯어내기 위해서 아닌가?

이미 터무니없는 요구를 한 게 소문이 나서 국민들의 분위기가 안 좋다.

더군다나 한국은 충분한 핵 투발 능력을 가지고 있다.

현무4 미사일의 능력이면 중국과 러시아는 충분히 커버가 가능하다.

"이걸…… 그냥 둘 수는 없어!"

자리에서 벌떡 일어나는 보스.

"당장 본국에 연락해! 이대로 그냥 두면 안 돼!"

"오늘 회의는?"

"지금 그게 중요해?"

그들은 당혹감을 감추지 못했고, 그렇게 협상은 뒤로 밀릴 수밖에 없었다.

⚖️

"주한 미군이 협상을 당분간 멈추자고 하더군."

"그럴 겁니다. 아마 그들 입장에서도 핵무장은 전혀 반갑지 않은 이야기일 테니까요."

러시아가 가볍게 쿡 찔러본 정도의 일로 핵무장까지 논의될 줄은 몰랐을 것이다.

"하지만 여기까지는 알겠는데 말이지, 이다음이 문제야. 우리가 아무리 국민 여론 때문에 핵무장을 해야 한다고 주장한다 한들 미국이 미치지 않고서야 그걸 허락할 리가 없지 않나."

"물론 그렇지요. 미국은 한국의 핵무장을 허락할 수가 없습니다. 그건 당연한 거죠."

국민 여론? 미국 정부에도 부담이 될 수는 있겠지만 그렇다고 해서 물러날 정도의 문제는 아니다.

다른 거라면 모를까, 한국의 핵무장은 절대 승인할 수 없는 일이다.

"그러면 그 여론전은 뭔가?"

"미국에 정치적 압박을 가하기 위해 한 겁니다. 한국 정부가 핵무장을 주장하기 시작하면 압박을 가할 수 있지만, 한국 국민이 핵무장을 주장하기 시작하면 답이 없거든요."

그럴 수밖에 없는 게, 국민의 입을 다물게 하라는 것은 쉽게 말해서 심각한 내정간섭이다.

"그리고 아시겠지만, 미국 정부는 한국 정부에 심각한 약점을 가지고 있습니다."

"홍안수 말이군."

"네, 맞습니다."

홍안수는 친위 쿠데타를 통해 권력을 유지하려고 했다.

그는 원래 일본이 보낸 스파이였고, 수십 년 동안 일본에 정보를 넘겨왔다.

그 사실을 미국 정부도 알고 있었다.

그러나 자신들의 이익을 위해 홍안수를 통제하는 걸 선택했고, 그 때문에 쿠데타가 벌어질 걸 예상하면서도 말하지는 못했다.

"만일 그걸 터트리면 미국 입장에서는 극도로 불리해지니까요."

홍안수가 스파이라는 걸 미국이 감춰 주고 심지어 쿠데타까지 눈감아 줬다는 사실이 드러나면 한국은 100% 반미 국가가 된다.

"그리고 그건 미국 입장에서는 치명적입니다."

그럴 수밖에 없는 게, 지금 미국이 러시아와 중국에 우세한 이유가 바로 기술력 때문이다.

하지만 한국의 기술력은 군사적인 부분은 몰라도 사회적인 기술은 미국과 비등하거나 그 이상이다.

즉, 한국이 그 기술력으로 러시아와 중국과 손잡는 순간 미국의 패권에 심각한 문제가 생기게 되는 것이다.

"그걸 알기 때문에 국민의 입에 재갈을 물리라는 소리는 못 합니다."

까딱 잘못하면 진짜 미국의 아시아 패권이 흔들릴 테니까.

"하지만 이건 시간이 지나면 잊힐 건이야. 우리도 핵미사일은 절대 불가능한 일일세. 그런 만큼 시간이 지나가기를 원하겠지. 솔직히 이 상황에서 러시아만 좋은 일을 한 것 같은데."

러시아는 아마 지금 상황에 환호를 내지르고 있을 것이다.

미국과 한국, 일본이 사이가 틀어지고 있으니까.

"물론 그렇지요. 하지만 다른 이야기가 나온다면요?"

"다른 이야기?"

"우리가 핵미사일로 무장하게 된다면 일본은 어떻게 하겠습니까?"

그 말에 박기훈의 얼굴이 딱딱하게 굳었다. 그건 뻔하니까.

"일본 역시 핵무장 하겠다고 나서겠지."

지금 이 상황이 된 건 미국이 제공하는 핵우산이 제대로 작동하지 않았기 때문이다.

그런데 한국이 그에 반발해서 핵무장을 하겠다고 한다면?

한국과 철천지원수인 일본 역시 핵무장을 주장할 수밖에 없다. 최소한 극우 세력은 핵무장을 주장할 것이다.

실제로 한국이나 일본이나, 기술이 부족해서 핵무장을 못하는 게 아니다. 미국의 압박 때문에 못 하는 거지.

"일본도 핵무장을 강력하게 이야기하기 시작하면, 한국은 과연 어떤 선택을 해야 할까요?"

"핑퐁이군."

당연히 그 이야기가 나오는 순간 한국도 절대 핵무장을 포기할 수 없게 된다.

중국, 러시아에 이어 일본까지 핵무장을 하면 사실상 적성 국들이 죄다 핵무장을 하게 되는 셈이니까.

더군다나 이번 사태로 미국의 핵우산이 제대로 작동하지

않는다는, 정확하게는 미국이 핵우산을 제공하지 않을 거라는 의심이 거의 확신이 되어 가고 있는 상황.

"설마 자네 계획이 이거였나?"

"네, 맞습니다. 궁극적으로 우리는 일본과 싸우고 러시아나 중국과는 싸우지 않게 됩니다. 하지만 미국으로서는 미칠 노릇이겠지요."

한국과 일본의 군비경쟁, 그것도 핵미사일을 가지려고 하는 군비경쟁이 일어나면 미국으로서는 환장할 노릇이 된다.

두 나라 다 핵미사일 한두 발로 만족하지는 않을 테고, 일단 핵미사일을 가지게 된다면 질세라 상대방보다 더 많이 가지려고 할 것이다.

"그렇다고 해서 둘 중 하나를 버리는 건 불가능합니다."

둘 중 하나를 버리면 당연히 그쪽은 중국, 러시아와 손잡을 테고 미국의 태평양 방어 라인은 뚫리게 되는 거다.

"하? 기가 막히는군."

분명 러시아나 중국은 건드리지 않는다. 당연히 그들과 분쟁이 생길 리가 없다.

물론 그쪽에서 핵무장에 대한 불편함을 이야기하겠지만, 그것보다 먼저 미국이 두 나라에 지랄 발광을 할 거다.

"아마 미국은 왜 가만히 있는 한국과 일본을 자극해서 핵무장 이야기를 꺼내게 하느냐고 따질 겁니다."

"미국에 중국과 러시아가 항의하기는 힘들지. 그렇다고

해서 한국과 일본에 본격적인 싸움을 걸 수도 없겠군."

왜냐하면, 핵미사일의 문제는 두 나라가 방아쇠를 당긴 것
은 사실이나 한국과 일본의 극단적 군비경쟁으로 인해 발생
한 일일 테니까.

"이미 일본의 극우 세력에 명령을 내려 놨습니다. 일본 극
우 세력에서는 핵무장을 주장할 겁니다."

"뭐? 일본 극우 세력에 명령을 내려 놔? 그게 말이 되나?
자네가 뭔 수로?"

노형진의 말에 박기훈은 황당한 듯 되물었다.

"제가 선이 좀 있어서요."

일본의 극우 세력과 싸우기 위해 극우이지만 극우가 아닌
세력, 즉 천황을 중심으로 하는 세력을 노형진이 키워 두었
고, 일본의 극우 세력은 대부분 그쪽으로 넘어가 있는 상황
이었다.

물론 극히 일부 상층부 외에는 그 사실을 모르고 있지만
말이다.

"그쪽에서 먼저 본격적으로 모금을 시작할 겁니다. 그러
면 아마 미국은 미치고 팔짝 뛸 기분이 될 겁니다, 후후후."

⚖️

얼마 후 일본의 극우 세력은 핵무장을 위한 대국민 모금을

시작했다.

　─남한이 모금을 통해 핵무장을 시사했습니다. 이미 1천억이 넘는 돈이 모였고, 지금 이 순간에도 많은 돈이 모이고 있습니다. 또한 주한 미군을 내보내고 그 주둔비로 매년 수십 발의 핵무기를 만들 예정이라고 합니다. 남한의 미사일은 일본 전역을 공격할 수 있습니다. 우리가 가만히 있으면 남한에서 일본으로 수백 발의 핵미사일이 떨어질 겁니다. 그걸 막아야 합니다. 그걸 막기 위한 방법은 오로지 우리도 핵을 가지는 것뿐입니다. 국민 여러분. 핵무장을 위해 정성을 모아 주십시오! 우리는 세계 유일의 피폭국입니다. 다시 그 꼴을 당할 수는 없습니다. 우리가 살기 위해서는 핵무장을 해야 합니다!

　일본의 극우 세력은 노형진의 명령을 받고 일을 크게 키웠다.
　사실 핵무장이라는 목적 자체가 일본 극우의 입맛에 딱 맞아떨어지는 주장이었기 때문에 당연히 불같이 퍼져 갔다.
　그리고 동시에 경제학자들까지 들고일어났다.
　사실 일본의 경제 상황은 그다지 좋지 않다.
　야베를 비롯한 권력자들이 정치를 워낙 개판으로 하는 바람에 경제가 몰락한 상황에서 후쿠시마 재건 비용은 계속 들어가고 있는데, 야베 몰락 이후 조사해 보니 그들이 해 처먹은 돈이 수백조 엔 단위라 그걸 메꾸는 게 현실적으로 불가능했기 때문이다.

그 상황에서 극우파의 돈을 받은 경제학자들의 발언은 국민들을 달콤함에 취하게 만들기 충분했다.

–우리가 핵무장을 한다면 어떻게 될까요? 당연히 우리 일본의 안전이 보장됩니다. 일본은 지금까지 보복 수단이 없어서 수많은 주변 나라에 무시당해 왔습니다. 하지만 핵무장을 하면 중국도 러시아도 섣불리 행동하지 못하게 됩니다. 그러면 총 세 가지 좋은 점이 있습니다. 첫째, 자위대의 무리한 운영으로 인한 비용을 아낄 수 있습니다. 매년 어마어마한 돈이 자위대 운영 비용으로 빠져나가고 있습니다. 경제를 활성화해야 하는 상황에서 자위대 비용은 심각한 문제가 됩니다. 둘째, 사회적 안정성이 늘어납니다. 핵무장을 한다면 누구도 일본을 건드리지 못하게 될 테고 당연히 일본에 대한 투자도 활성화될 겁니다. 당장 핵무장을 하고 있는 나라들이 모두 선진국인 것을 보면 알 수 있습니다. 마지막으로 셋째, 보통 국가로서 당당하게 일어서게 됩니다. 지금까지 반쪽짜리 국가였던 우리 일본이 보통 국가로서의 정당한 권리를 가지게 되는 것입니다.

극우 세력은 어떻게 해서든 핵무장을 해야 한다 주장하기 시작했고, 노형진의 예상대로 일본에서도 어마어마한 금액이 모였다.

그리고 원래 사건이라는 것은 핑퐁처럼 왔다 갔다 하다 보면 점점 더 커지기 마련이다.

–일본이 한국을 노리고 핵무장을 시작했습니다. 이대로 두면 두 번째 피폭국은 한국이 될 겁니다. 일본은 수 세기 동안 한국을 노려 왔습니다. 그들이 핵무장을 하면 첫 번째 제물은 우리가 될 것입니다. 미사일이 수백 발이 있고 대포가 수천 개가 있고 보병 전력이 수천만 명이 있으면 뭐 합니까? 핵미사일 한 방에 함대가 전멸하고 나면 우리에게는 일본에 보복할 방법이 없습니다. 단 하나, 핵미사일만이 우리를 지켜 줄 수 있습니다!

두 번째 모금의 시작. 그리고 더 많은 돈이 사람들에게서 모였다.

사실 그 대부분은 노형진이 준 돈이었다.

어차피 정치인들에게 들어갈 일은 없는 돈이니까.

정치인들 입장에서는 핵미사일 보유를 통과시키는 게 얼마나 힘든 일인지 알고 있다.

설사 정치인들이 통과시킨다고 해도, 미국이 용납하지 않는다.

그러나 그런 정치적인 문제와는 별개로 한국과 일본의 핵미사일 보유 핑퐁은 점점 커져만 갔다.

⚖

쾅!

미국 백악관에서는 심각한 회의가 벌어졌다.

"핵미사일 보유를 허락해 달라고? 지금 이게 말이 되는 소리야?"

"하지만 한국 입장에서는 어쩔 수 없다고 합니다. 일단 미국의 핵우산은 믿을 수가 없다고……."

"아니, 그게 무슨 말도 안 되는 소리야? 우리가 출격하지 않은 게 그렇게 큰 문제야?"

"솔직히 큰 문제입니다."

핵우산이라는 것은 핵을 이용한 보복뿐만 아니라 핵에 대한 방어도 포함된다.

당장 사드를 한국에 배치한 이유가 뭔가? 바로 핵의 방어를 제공하겠다는 핑계로 배치한 것이다.

그래서 그 당시 정권이 중국에 어마어마한 보복을 받으면서도 동의해 준 것이다.

물론 그건 외교적인 문제고, 현실은 그자가 스파이라는 걸 입 다물어 주는 조건이었지만 말이다.

"그런데 이번에 우리가 핵 폭격기를 막지 않은 게……."

"어차피 러시아 놈들이 정말 쏠 것도 아니었잖아."

"그건 모를 일입니다. 각하."

러시아가 미쳐서 한국에 핵을 투발한 후에 미국과 전면전을 벌일 가능성이 아예 없는 건 아니다.

"애초에 과거 한국에 대한 구소련의 계획은 세 발 정도의 핵을 터트리는 것이었습니다."

미국, 아니 서방측과 전쟁이 터졌을 때 구소련의 전략은 한국에 세 발의 핵을 터트리고 신경 끄는 거였다.

아무리 병력이 많다고 해도 핵을 투하하면 그걸로 끝이니까.

"러시아랑 소련이랑 같아?"

"다르지는 않습니다, 각하. 대한민국이 생긴 이래 다른 나라의 군용기가 대한민국의 영토에 침범하여 비행한 것은 이번이 처음입니다."

그리고 그게 핵 투발이 가능한 폭격기라면, 아무리 국제적, 정치적 문제가 있다고 해도 미 공군이 출동해서 쫓아냈어야 했다.

"하지만 우리가 러시아와의 분쟁을 피할 목적으로 출동하지 않은 게, 한국 입장에서는 우리가 돕지 않을 거라고 생각한 이유가 된 겁니다."

"고작 그걸로?"

고작이라고 할 수도 있다.

도널드 올드먼 입장에서는 사실 비행기 하나 띄우는 데 드는 돈이 더 아까우니까.

"설마 러시아 놈들이 그럴 리가 없잖아."

"각하, 그 설마를 막는 존재가 군대입니다."

그런데 그 군대가 '설마 그러겠어?'라고 자기 임무를 내팽개쳤으니 당연히 한국 입장에서는 난리가 난 것이다.

"이제 문제는 러시아와 중국이 아닙니다. 일본과 한국의 사이가 극단적으로 틀어졌고, 일본에서 이상한 소문이 돌고 있습니다."

"이상한 소문?"

"이미 한국은 구소련에서 사라진 수백 발의 핵미사일로 무장하고 있다는 소문입니다."

"그건 또 뭔 개소리야?"

실제로 구소련이 해체될 때 일부 핵미사일이 함께 사라졌다.

하지만 수십 년 동안 미국, 아니 전 세계가 그 핵미사일을 추적해서 모조리 없애 버렸다.

다른 것도 아닌 핵미사일이 테러 단체의 손에 들어가게 둘 수는 없기 때문이다.

"그런데 갑자기 이제 와서 그런 게 튀어나온다?"

"그냥 인터넷상의 소문입니다만."

"끄응……."

"문제는 그걸 일본 사회에서 심각하게 받아들이고 있다는 겁니다."

물론 수백 발은 말도 안 되지만 한두 발 정도는 감춰 놓고 있을 수도 있기는 하다.

하지만 생각해 보면 한국이 그럴 이유가 없다.

한국은 이미 핵폭탄을 만들 기술이 충분하다.

재료? 재료도 핵 발전소에 제법 있다.

물론 법에 정해진 규정대로 처리하고 있지만, 비상시 그게 핵폭탄으로 쓰이는 데 3개월, 핵미사일로 쓰이는 데 4개월.

이게 미국이 예상하는 수치다.

"그리고 다른 하나가······."

"또 있어?"

도널드 올드먼은 뭐가 또 있다는 말에 머리가 아파 왔다.

"이건 상당히 신빙성이 있는 이야기인데······."

"뭐가 말이야?"

"후쿠시마 말입니다. 후쿠시마 사태 초기에 일본은 우리 도움을 거절하지 않았습니까?"

"그랬나?"

"네, 그랬습니다."

핵의 관리나 시스템 관리 같은 건 사실 미국이 더 잘되어 있다.

일단 미국은 무겁고 거추장스럽기는 하지만 방사능 차폐복도 충분히 있었다.

그래서 사건이 터지자마자 미국 정부는 도움을 주겠다고 했지만 어째서인지 일본 정부가 거절했고, 지금도 여전히 발전소 내부에 들어가는 걸 허락하지 않고 있다.

"그 당시 내부에 핵미사일에 쓸 수 있는 핵연료를 보관하고 있었다는 소문이 있었습니다. 그리고 최근 들어 한국에서도 그 소문이 갑자기 퍼지기 시작했습니다."

"그러면……?"

"두 나라 모두 상대방을 믿지 못하겠다고 핵무장을 주장하고 있습니다. 문제는 이런 주장이 정치권이 아니라 국민들 사이에서 돌고 있다는 겁니다."

"이런 미친……."

압박하자니 국민들에게 재갈을 물리라고 할 수는 없고, 그렇다고 그냥 두자니 핵무장에 대한 여론이 점점 커지면 진짜 핵무장을 하게 될지도 모른다.

"중국과 러시아에서는 뭐래?"

"그쪽도 곤혹스러운 모양입니다."

그들 입장에서야 일본과 한국이 싸우기 시작했을 때는 환호를 내질렀을 것이다. 자신들의 계획이 먹혀들었다고 말이다.

미국의 핵우산을 못 믿는다는 이야기가 나왔을 때는 아마도 생각지도 못한 이득이라고 생각했을 것이다.

그러나 그 두 나라가 핵무장을 주장하기 시작하자 상황이 돌변할 수밖에 없었다.

아무리 분란을 원했다고 해도 한국과 일본이 핵무장을 하게 되면 자기네들에게도 치명적인 문제가 될 게 뻔하니까.

더군다나 한번 무장하기 시작하면 그게 한 발로 끝나지 않을 거라는 것은 누구보다 중국과 러시아가 잘 안다.

자신들만 해도 수백 발의 핵미사일을 보유하고 있다.

내가 망할 것 같으면 상대방도 망하게 한다는 극단적 선택이 바로 핵미사일이고, 핵미사일은 한 발로는 효력이 별로 없기 때문이다.

더군다나 한국은 극단적 독침 전략을 이용하는 국가다.

혹시라도 진짜 다른 나라의 침략으로 나라가 망하거나 한다면 그들은 침략국을 향해 주저 없이 핵을 쏠 것이다.

그리고 그건 3차세계대전의 시작을 의미한다.

"후우…… 미친 중국이랑 러시아 이놈들 때문에 이게 뭔…….""

"분위기를 봐서는 일단 최대한 달래야 할 것 같습니다."

"최대한 어떻게 달래라는 거야?"

"한국은 핵 잠수함과 항공모함의 사용 허가를 요구하고 있습니다."

안 그래도 지금 한국과 미국이 핵 잠수함과 항공모함의 사용 허가를 협상 중이기는 했다.

"일본 같은 경우는 부채 관련 부분에서 도움을 받았으면 하는 눈치입니다."

"그나마 일본은 무기를 달라고 하지 않는 게 다행이군."

"일본은 현재 경제적으로 코너에 몰려 있습니다. 더 이상 무기를 늘리면 유지 자체가 불가능해집니다."

더군다나 일본은 군대가 아니라 자위대, 즉 공무원을 병력으로 운용하는지라 어딜 가나 인원이 부족하다.

그러다 보니 무기가 있어도 그걸 운영하지 못하는 게 현실이다.

"돌아 버리겠군. 방위비를 뜯어내는 건 물 건너갔군."

"그랬다가는 진짜로 주한 미군을 내보내고 핵무장 하겠다고 할지도 모릅니다. 그리고 두 나라가 그러겠다고 나서면 최악의 경우 태평양 방어 라인을 잃게 됩니다."

도널드 올드먼은 생각지도 못한 상황에 머리가 아프다는 듯 고개를 절레절레 흔들었다.

"그리고 러시아 쪽은 다른 문제가 있습니다."

"다른 문제라고 하면?"

"일단 우리 쪽에는 고지 정도인데……."

"뭘 고지했는데?"

"우크라이나와 폴란드의 과학자들을 한국으로 초빙할 계획이랍니다."

"우크라이나와 폴란드? 거기 과학자들을 왜……."

이게 뭔 전혀 상관없는 소리인가 싶었던 도널드 올드먼은 다음 순간 소름이 돋았다.

지금 러시아와 가장 사이가 안 좋은 나라를 꼽으라고 하면? 당연히 폴란드와 우크라이나다.

러시아는 소련을 승계했다고 주장하는 나라고, 소련은 폴란드를 먹기 위해 수차례 전쟁을 일으켰던 나라다. 그리고 우크라이나의 경우는 얼마 전 크림반도를 통째로 러시아에 빼앗겼다.

결국 두 나라, 즉 폴란드와 우크라이나의 경우에는 러시아에 분노와 심각한 공포심을 가지고 있다.

　"설마? 아니지?"

　그러나 두 나라는 여전히 러시아에 비해 국력도, 규모도 약하다.

　실제로 크림반도를 먹은 지금 상황에서도 러시아는 호시탐탐 우크라이나를 노리는 게 빤히 보인다.

　러시아는 구소련의 영광을 재현하겠다고 주장하고 있으니까.

　그러니 첫 번째 목표는 당연히 구소련 영토의 수복이 될 수밖에 없다.

　"두 나라는 사실 핵폭탄을 만들 기술력이 없습니다. 아직까지는요."

　"……."

　정확하게는 소형화할 방법이 없다고 표현해야 할 것이다.

　현재 핵폭탄 자체를 만드는 건 어렵지 않으니까.

　그걸 소형화시키고 투발 수단으로 쏘는 건 전혀 다른 문제이지만 말이다.

　"만일 한국에서 그곳 과학자들과 함께 연구한다면?"

　"두 나라는 핵폭탄의 제작과 투발 수단에 대해 알아낼 수 있겠지요."

　"이런 미친……."

　문제는 이 부분에 대해 러시아가 항의할 수가 없다는 거다. 학자들 간의 교유일 뿐 전쟁 행위도 아니니까.

물론 그 학자들이 본국으로 돌아가자마자 '나는 핵폭탄을 만들겠어.'라고 하지도 않을 것이다.

하지만 극단적인 상황, 조국이 망하고 수십만 명이 전쟁터에서 죽어 나가는 꼴을 보게 된다면 과연 어떤 과학자가 무슨 생각을 하게 될지는 모르는 일이다.

"그렇다고 그걸 못 하게 한국을 막는 건 명백한 내정간섭이지요."

러시아가 그런 행동을 할수록 한국은 러시아 주변국들과의 관계 개선을 통해 핵 기술을 공유할 테고, 종국에는 러시아가 핵으로 포위당하는 최악의 사태가 벌어질 것이다.

"한국 이놈들, 미친 거 아냐?"

그건 단순히 한국의 안전 문제가 아니다.

말 그대로 전 세계가 핵으로 무장하는, 핵전쟁의 시초가될 만한 상황이 되는 것이다.

한 나라가 망해 가며 러시아에 핵을 쏘면 러시아도 핵으로 반격할 텐데, 그 모습을 본 다른 나라들이 러시아와 전쟁이 터졌을 때 과연 핵을 투발하지 않을까?

아마 전쟁 시작과 동시에 미친 듯이 핵을 퍼부어서 최대한 전력을 깎으려고 할 것이다.

어차피 지는 순간에는 핵 말고는 선택지가 없고, 핵을 쏘게 되면 반격은 당연한 수순이니까.

"이런……."

도널드 올드먼의 얼굴이 사정없이 일그러졌다.

"당장 중국이랑 러시아 핫라인으로 강력 항의해. 한 번만 더 한국과 일본 영토를 침범하면 그때는 각오하라고! 그리고 한국하고 일본에 핵은 무조건 안 돼!"

"주한 미군은 어떻게 할까요?"

"포기해야지. 지금 여론이 미쳐 날뛰는데 주한 미군 주둔비를 인상한다고 해 봐. 그러면 그걸로 핵폭탄이나 만들자고 하겠지."

결국 도널드 올드먼은 러시아와 중국에 강력한 압박을 가하기로 마음먹었다.

⚖

"중국과 러시아에서 정식으로 사과를 보내왔네, 작전 중 오류가 있었다고."

"웃기는군요."

전투기만 온 것도 아니고 폭격기와 항공관제기까지 따라온 실수라…….

"믿으시는 건 아니죠?"

"내가 미쳤나? 다만 이쯤에서 끝내야 할 듯하이, 자네도 알다시피."

"네, 압니다. 끝까지 가 볼 수 있는 상황은 아니라는 걸요."

끝까지 가면 결국 경제 대립을 하게 될 테고, 그렇게 되면 불리해지는 건 한국이다.

"일단 그래도 우리는 손해 본 게 없어."

중국과 러시아는 미국의 강력한 압박에 사과하면서도 동시에 핵무장에 대한 우려를 표명했다.

사실 말이 우려를 표명했다 정도지, 대놓고 핵무장 하지 말라는 소리다.

물론 무시하고 싶지만 그러기에는 한국의 힘의 한계가 너무 명확하다.

"그리고 미국에서 한국에 F-22랩터를 추가 배치해 주겠다고 해. 휴전선 근처로 말이야."

"중국에서 가만히 있겠습니까?"

"중국에 강력한 경고를 했으니 불만은 없을 거라고 하더군."

"대충 이야기가 끝난 모양이군요."

하긴, 중국 입장에서도 한국과 일본이 핵무장을 하는 것은 결코 반갑지 않은 일일 것이다.

F-22랩터는 전투기일 뿐이지만 핵무기는 모든 걸 날려 버릴 수 있다.

하지만 또 어떤 면에서는 핵무기보다 더 골치 아픈 게 바로 랩터다. 핵무기는 최후의 선택이지만 F-22랩터는 실용적인 무기니까.

"중국이 속 좀 썩겠습니다. F-22랩터면 싼샤 댐에 가는 걸 막을 방법이 없을 텐데요."

"그렇겠지."

중국이 만든 세계 최대의 댐인 싼샤 댐. 그곳은 중국의 핵심 약점이다.

그곳이 무너지면 중국 땅의 5분의 1이 침수로 사라진다고 할 만큼 거대한 데다, 그 물줄기를 따라 주요 도시와 생산도시가 있기 때문에 그곳을 공격당하면 중국의 전쟁 수행 능력은 3분의 1로 떨어진다는 이야기가 있을 정도니까.

그걸 알면서도 F-22랩터의 배치를 묵인하기로 했다면 생각보다 미국에서 강하게 압박한 모양이었다.

"그리고 우리는 핵 잠수함에 대해 승인을 받았네."

'생각보다 빠르네.'

핵 잠수함의 경우는 사실 몇 년이 더 지나야 미국에서 허락해 준다. 그런데 그걸 벌써 승인해 줬다는 건 달래 줘야 한다고 강하게 느꼈기 때문인 듯했다.

"뭐, 주한 미군 분담금 문제도 쏙 들어갔고 말이야."

즐거운 듯 말하는 박기훈.

"마지막으로 항모 문제도 상당 부분 양해받았네."

"양해라 하시면?"

"이제 슬슬 준비해도 된다는 거지."

그 말에 노형진은 살짝 놀랐다.

바로 되지는 않을 줄 알았는데 말이다.

물론 항모를 만드는 건 쉬운 일이 아니다.

미국의 허락을 받았다고 해도 결국 연구와 그 준비에 상당한 시간이 걸릴 수밖에 없다.

미국이 만들어도 된다고 동의해 준 것일 뿐 항모를 만들기 위한 기술을 제공해 주지는 않을 테니까.

'하지만 나도 방법이 없는 건 아니지.'

노형진은 혹시나 하는 마음에 가지고 온 물건을 품에서 만지작거렸다.

이미 항모의 건조에 관련된 걸 요구하기로 이야기가 되어 있었으니 이제 슬슬 필요할 거라 생각했기 때문이다.

그러고는 주변을 슥 둘러봤다.

"왜 그러나?"

"주변 사람들을 물려 주실 수 있습니까?"

그 말에 박기훈은 물끄러미 노형진을 바라보다가 자리에서 일어났다.

"차라리 자리를 옮기도록 하지."

이어 박기훈은 노형진을 데리고 누구도 볼 수 없는 공간으로 향했다.

그곳은 외부에서 도청도 불가능하고 내부 감시 시스템도 없는 곳이었다.

당연히 경호원도 못 들어오기에, 진짜 믿을 만한 사람이 아니면 절대 들이지 않는 공간이기도 했다.

"그래서, 자네가 하고 싶은 이야기가 뭔가?"

"제가 하고 싶은 이야기라기보다는 제가 드리고 싶은 물건이라고 하는 게 맞겠군요."

"자네가 주고 싶은 물건?"

"이건 철저한 보안이 필요한 물건입니다."

노형진은 품에서 메모리 카드를 꺼내서 박기훈에게 건넸다.

"이게 뭔가?"

"아마 각하께서도 기억하시겠지만, 중국에서 미국의 항공모함 설계도를 훔쳤다가 난리가 난 적이 있지요?"

그 말에 박기훈의 얼굴이 딱딱하게 굳었다.

사실 미국의 기술을 중국이 훔치는 거야 하루 이틀 문제가 아니지만, 그 당시에 시끄러웠던 이유는 다른 것과 다르게 그걸 걸렸다는 것이다.

물론 그건 어떤 면에서는 중국이 억울할 만한 부분이 있는 사건이기는 하지만, 그래도 설계도를 훔치려다가 걸린 건 사실이고 그로 인해 중국과 미국의 관계가 아주 심하게 경색된 것도 사실이었다.

그 당시에 미국 대통령이 친중 주의자가 아니었다면 진짜 아주 일이 커질 사건이었으나, 어찌 되었건 그 사건은 여러모로 복잡한 일이었고 그 때문에 박기훈도 알고 있었다.

쉬쉬한다고 감춰질 사건이 아니라 진짜로 그로 인해 발칵 뒤집어졌던 사건이니까.

"나도 관련 이야기는 들었네. 그때는 내가 대통령은 아니었지만 중국의 스파이 활동에 대해 경계하게 된 가장 큰 이유지."

사실 그 사건 이후에 여러 가지가 바뀌었는데, 그중 하나가 바로 중국 정부에 대한 경계심으로 인해 주요 연구소에 중국인을 쓰지 않게 되었다는 것이다.

"그러면 이야기가 간단하겠군요."

그 말에 박기훈의 얼굴이 확 굳었다.

그럴 수밖에 없는 게, 지금 상황에서 그 이야기가 나올 만한 이유는 하나뿐이기 때문이다.

"설마……."

"중국은 이미 자료를 빼돌렸지요."

사실 그건 거짓말이다. 그 당시에 중국은 자료를 빼돌리는 데 실패했다.

노형진도 중국에 항모 기술이 넘어가는 건 원하지 않았으니 말이다.

'실제로 지금 상황을 봐서는 원래는 넘어갔었을 것 같지만 말이지.'

원래 역사에서 중국은 이 시기에 캐터펄트 방식의 항공모함 사출장치를 만들어 내는 데 성공했다고 발표했다.

그것도 기존의 증기식이 아니라 전자식으로 말이다.

그런데 황당하게도 전자식 캐터펄트는 미국에서 개발한 것으로, 아직 미국조차 신형 항모에 장착도 하지 않은 물건이었다.

원래 역사에서 중국이 그 설계도를 빼돌리는 데 성공하지 못했다면 자국 내 항공모함에 설치하는 건 당연히 불가능했을 것이다.

'다만 이번에는 나 때문에 틀어진 모양이네.'

도리어 그로 인해 스파이들이 다 털려 나간 모양인지 중국의 기술력은 원래 역사에 비해 상당히 뒤처졌고, 이 시기에 발표한 전자식 캐터펄트에 대한 이야기도 없었다.

'그리고 보니 젠-31도 안 나왔네? 흠, 역시 소문이 진짜였나?'

젠-31. 중국에서 개발한 스텔스 전투기.

이때쯤이면 시험비행을 시작했다는 소문이 돌아야 하는데 그런 소문이 없었다.

그리고 젠-31이 나왔을 때 돌았던 소문 중 하나가 미국의 F-35를 베꼈다는 것이었다.

실제로 모양도 미국의 F-35와 굉장히 비슷했고 말이다.

그런데 이번에는 아예 이야기가 없다.

아무래도 노형진이 미국에 있는 중국의 스파이 시스템을 털어 낸 게 여러모로 역사를 비튼 모양이었다.

"설마 그 자료를 중국에서 빼돌린 건가?"

노형진이 이런저런 생각을 하고 있을 때 박기훈은 긴장한 목소리로 물었다.

"중국은 돈만 있으면 뭐든 할 수 있는 나라니까요."

"으음…… 틀린 말은 아니긴 하지."

중국에서는 돈만 있으면 진짜 뭐든 할 수 있다.

신분에서부터 사람 목숨까지, 돈만 충분히 준다면 자신들이 빼돌린 미국의 설계도를 팔 놈도 없는 건 아니다.

"다만 그쪽 연구 결과에 따르면 약간 불량이 있는 모양입니다만."

애초에 노형진이 이 자료를 얻게 된 기회가 그걸 터트리느냐 마느냐의 문제로 얻은 초기 자료다.

물론 완성된 설계 도면인 건 사실이지만 그 이후에 문제를 고치거나 할 틈도 기회도 없었다.

"불량이라……."

"하지만 그건 전문가들이 알아서 하겠지요. 내부에 뭐가 문제인지도 적혀 있는 모양이니까."

노형진이 내민 메모리 카드를 물끄러미 바라보는 박기훈.

그는 한참을 고민했다.

"자네, 이게 얼마만큼의 가치가 있는 건지 아나?"

"압니다. 족히 수십조 이상의 가치가 있지요. 어쩌면 100조 이상이 될 수도 있고요."

단순히 완성품의 문제가 아니다.

과연 한국이 항모를 만들기 위해 연구에 들이부어야 할 예산은 얼마일까?

그리고 그 과정에서 오류와 실수를 바로잡기 위한 시간은 얼마나 될까?

"못해도 10년은 걸리겠지. 그것도 매년 조 단위 예산을 써 가면서."

그나마 제대로 나올지도 알 수 없다.

그런데 이 메모리 카드는 그 모든 걸 한 방에 해결해 준다.

"물론 바로 만드는 건 안 된다는 거, 아시죠?"

"물론 우리도 알지."

고개를 격하게 끄덕거리는 박기훈.

그는 그렇게 말하면서도 그 메모리 카드에 섣불리 손을 대지 못했다.

걱정과 두려움. 그게 그를 얼어붙게 만들었다.

"저는 이걸 이용해서 돈을 좀 다른 곳으로 돌리는 것도 나쁘지 않다고 생각합니다."

"뭐? 그게 무슨 말인가?"

눈을 찡그리는 박기훈.

설마 노형진이 돈을 빼돌리라고 하는 건가 의심하는 눈빛이었다.

그러나 노형진은 그런 생각을 하는 게 아니었다.

"어차피 우리가 이걸 바로 공개하고 뚝딱뚝딱 항공모함을 만들 수는 없지 않습니까?"

"당연하지."

이걸 바탕으로 10년 이상 걸릴 연구 기간을 확 줄일 수는 있겠지만 아예 연구 기간조차 없이 공개하면 미국이 의심할지도 모른다.

중국이야 워낙 뻔뻔해서 연구 기간이고 나발이고 무조건 공개해서 바로 써먹을 생각만 하지만 말이다.

"그러니 그 연구를 한다고 한 후에 그 비용을 다른 곳으로 돌리는 게 가능하지요."

"다른 거라고 하면?"

"가령…… EMP 탄 같은 거 말입니다."

"EMP 탄?"

"설마 중국 차량들에 EMP 대비용 장비가 있을 거라고 생각하지는 않으시겠지요?"

"으음…… 그야 그렇지."

사실 국가 기밀로 분류되어서 그렇지 한국의 EMP 탄 기술력은 절대 약하지 않다.

다만 그게 공개되는 경우에 시끄러워질 테니 예산을 확보하기 힘들 뿐이다.

"하지만 항공모함 연구비라는 아주 좋은 핑계가 생겼지요."

물론 이 설계도에는 분명 오류가 있고 그걸 고치기 위한 연구비는 들어갈 것이다.

더군다나 이 설계도는 미국에서 운영하는 초대형 항모 기준 설계 도면이다.

한국이 아무리 성장해도 그걸 운영할 정도의 돈은 없다.

그런 걸 운영하려면 국가 예산을 다 거기다 집어넣어야 할 것이다.

당연히 수정 작업을 거쳐 한국에 맞는 중형 항모 정도 사이즈로 줄여야 한다.

"하지만 제로에서 시작하지 않는 것만으로도 어디입니까?"

당장 여기에 있는 전자식 캐터펄트만 해도 그렇다.

원래 기존에 쓰던 증기식 캐터펄트는 어마어마한 사이즈를 가지고 있다.

미국의 항모 기준으로는 갑판 아래가 다 그 관련 장비라고 봐도 무방하다.

"하지만 전자식 캐터펄트는 그에 비해 훨씬 작지요."

그만큼 함재기를 더 실을 수 있고 당연히 그만큼 전투력을 높일 수 있다.

"항모라……."

박기훈은 한참을 고민하듯 그 메모리 카드를 바라보다가 결국 손을 내밀어서 받아 들었다.

"문제 될 부분은 없는 건가?"

"없습니다. 안다고 한들 우리는 중국을 통해 자료를 얻은 거니까요."

'공식적으로는 말이지.'

중국을 통해 자료를 얻었다고 하면 미국 입장에서는 속이 터질 거다. 분명 아군이니 중국으로부터 자료를 얻었다고 항의할 수도 없는데, 정작 기술은 자기네 것이니까.

'중국에 대한 원한만 커지겠지.'

"자네가 한국을 여러 번 구하는군."

"비밀만 지켜 주시면 됩니다."

노형진은 떨떠름한 표정이 된 박기훈을 바라보면서 말했다.

"당연히 그래야지. 그나저나 중국과 러시아가 가만히 있을지 모르겠군."

"이번 일로 말입니까?"

"그래. 사실 자네 덕분에 현명하게 벗어나서 큰 대립은 없었지만, 그래도 중국과 러시아에 한 방씩 먹인 거 아닌가?"

'쓸데없이 자존심만 강한 두 나라가 과연 한국을 그냥 둘까?' 하는 것이 요즘 박기훈의 최고 걱정거리였다.

중국은 중화사상으로 무장하고 있고 러시아는 구소련의 위세를 되찾고 싶어 하니까.

"아마 신경 못 쓸 겁니다."

"자네가 그걸 어떻게 아나?"

박기훈이 고개를 갸웃하면서 묻자 노형진은 쓰게 웃으며 답했다.

"그걸 신경 쓸 틈이 없을 겁니다, 둘 중 누구도."

원하지 않는, 그러나 피할 수 없는 시간이 다가오고 있었다.

지옥이 내려오는 시간

세계의 어둠은 중국에서 시작되었다.

어느 날 중국 정부에 새로운 보고가 올라왔다.

"이게 뭔 소리야?"

"어떤 병원 의사가 신종 전염병이 돌고 있다고 주장한답니다."

"말도 안 되는 헛소리!"

신종 전염병이라니, 그게 무슨 말도 안 되는 헛소리란 말인가?

"하지만 의사 말로는 기존에는 없던 질병이라고 합니다."

"기존에 없던 질병이 왜 갑자기 튀어나온단 말이야? 무능한 의사가 제대로 진단도 하지 못하는군. 단순 폐렴조차도 제대로 알아보지 못하는 놈들이 무슨 의사라고."

보고서를 받은 해당 지역의 당서기는 비웃음을 날렸다.

하지만 보고는 그렇게 단순하지 않았다.

"서기장 동무, 무시할 상황이 아닙니다. 그 의사는 다른 의사들을 규합하고 있습니다."

"뭐? 규합?"

"그렇습니다. 몇 차례 보고가 올라왔고, 최대한 빨리 방역 해야 한다고……."

"이런 미친! 규합해서 뭘 어쩌겠다는 거야?"

"당에 직접 상신하겠다고……."

"이런 반동분자 자식!"

그 말에 지역 서기장은 자리에서 벌떡 일어났다.

질병? 사실 그딴 건 중요한 게 아니다.

몇 명 죽는다고 해서 중국 인구가 확 줄어드는 것도 아니고.

하지만 선제 방역을 해야 한다는 건 심각한 문제였다.

"그게 무슨 뜻인지도 모르는 건가? 대가리에 똥만 찬 의사 놈이! 그놈과 다른 놈들을 반동 혐의로 당장 체포해!"

"하지만 그러면 질병이……."

"단순 폐렴이야! 그게 다른 바이러스에 의한 거라는 증거 도 없지 않나! 아니면 단순 공기 문제거나 그런 걸 거야."

"아하! 그렇군요."

이곳의 이름은 형주.

현대에 와서는 중국의 아주 중요한 산업 지대 중 한 곳이었다.

"그런 곳에 정체불명의 질병이 돈다고 하면 우리가 입을 피해가 얼마나 되는지 아나? 그리고 그런 헛소리 때문에 방역에 나섰다가 헛소문인 게 드러나면?"

"심각하겠지요."

중국이 세계의 공장이라면 형주는 그 심장이다.

그런 곳을 방역하기 위해서는 공장을 멈춰야 하고, 거기에 있는 모든 노동자들을 관리해야 하며, 전 세계에 정체 모를 질병이 발생했다고 공개해야 한다.

물론 그 과정에서 어마어마한 피해가 발생할 테고, 당에서는 자신을 살려 두지 않을 것이다.

'젠장.'

지역 서기장은 침을 꼴깍 삼켰다.

갑자기 눈앞에 총구가 들이밀린 것 같았다.

아니, 총구로 끝나면 다행이다.

자신이 수십 년 동안 이룩한 모든 걸 빼앗길 테고, 아마 장기까지 다 털릴 게 분명하다.

"그놈들 잡아 와."

"네?"

"그런 헛소문을 퍼트리는 놈들 말이야, 당장 잡아 와! 잡아 와서 당이 얼마나 무서운지 알려 줘."

"알겠습니다."

"별거 아닌 걸 가지고 뭐? 신종 전염병? 웃기는군. 신종 전염병이 그렇게 쉽게 생기는 줄 아나?"

더군다나 중국은 사스라고 하는 신종 전염병이 생겼던 나라다.

아무리 생각해도 우연처럼 두 번이나 연속으로 신종 전염병이 생길 것 같지는 않았다.

그러나 그는 한번 신종 전염병이 생긴 게 그만큼 신종 전염병이 발생할 가능성이 큰 환경이라는 걸 의미한다는 걸 전혀 생각하지 않고 있었다.

그의 머릿속에 있는 것은 오로지 정치적 관심뿐이었다.

"그런데 말입니다."

"또 뭔데?"

"그 소식을 형주생명공학연구소가 접한 듯합니다."

"뭐? 형주생명공학연구소? 그놈들이 이걸 접했다고?"

"네."

"이런 씨발."

형주생명공학연구소. 노형진이 어떻게 해서든 코델09를 막기 위해 현지에 지은 연구소다.

수천만의 목숨이 달려 있는 문제이기 때문에 최대한 비상 상황을 막기 위해 최초 발병 지점이었던 형주에 둔 것이다.

주로 코델바이러스 계열의 연구에 집중하는 연구소였다. 당연히 중국 정부는 그걸 꺼림칙하게 생각했다.

물론 바이러스 누출 같은 걸 걱정하는 건 아니었다.

국제 최고 등급인 4등급 연구소이고, 시설 면에서 보면 자신들이 관리하는 형주바이러스연구소보다 훨씬 더 잘되어 있으며 비상사태를 대비해서 외부 접촉 자체를 최대한 막고 있으니까.

"그런데 그곳에서 소식을 들은 건지 갑자기 주변에서 검체를 찾기 시작했습니다."

"이런……."

다른 곳이라면 어떻게 해서든 자신들이 입을 다물게 할 수 있겠지만 형주생명공학연구소라면 이야기가 다르다.

애초에 미다스가 직접 관리하는 연구소다.

그리고 경제적으로 보면 미다스는 전 세계 기업들과 아주 긴밀한 관계를 가지고 있다. 그런 곳에서 새로운 바이러스에 대한 소문이 돌게 되면 다른 기업들이 빠져나갈지도 몰랐다.

"당장 그곳을 폐쇄해."

"네?"

"당에는 내가 보고하겠다. 혹시 모를 상황에 대비해서 당장 폐쇄해."

"하지만 거기는……."

"핑계는 만들면 그만 아닌가! 그곳을 폐쇄하고 당장 자료를 가지고 와!"

그들은 자신들의 자리를 지키기 위해 최악의 선택을 하고

야 말았다.

　중국 형주. 그곳에서 시작된 질병은 천천히 중국을 잠식하기 시작했다.

　그리고 그 소식은 누구보다 빠르게 노형진에게 전해졌다.

　수년간 최악의 상황에 대비하기 위해 노력했고, 이득과 상관없이 어떻게 해서든 질병을 막기 위해 준비했으니까.

　공식 사망자만 해도 수천만이고 비공식 사망자는 억 단위가 넘을지도 모른다는 코델09, 속칭 형주코델바이러스.

　그 질병이 생긴다는 것은 익히 알고 있었으니까.

　그래서 노형진은 혹시나 하는 가능성을 부여잡으려고 했다.

　중국 당국의 허가를 얻어서 회귀 전 최초 발병지라고 소문난 형주의 동물 시장에 찾아가 주기적으로 소독하고 최대한 야생동물을 유통하지 말라고 설득하기도 했다.

　그 과정에서 중국 정부에 적지 않은 돈을 줘야 했지만, 전 세계적으로 수천만의 사망자가 발생하는 것보다는 그게 훨씬 나은 선택이기에 기꺼이 그 돈을 지출했다.

　하지만 결국 그건 모두 소용없는 일이 되었다.

　"연구를 진행할 방법이 없습니다."

　노형진은 자신에게 보고를 하는 연구소 소장이었던 김려

한의 말에 입술을 꽉 깨물었다.

"자료는 어떻습니까?"

"전량 중국 정부에서 압수해 갔습니다. 모든 연구자들은 중국에서 추방당한 상태입니다."

노형진은 바이러스 발생 시 바로 대응하기 위해 형주에 연구소를 설립했다.

그리고 이상 징후가 발생하자 바로 연구소에 비상 상황을 알리고 연구에 총력을 다하도록 했다.

하지만 제대로 시작하기도 전에 중국에서는 다짜고짜 군병력을 보내서 연구소를 봉쇄해 버렸다.

"그나마 다행인 것은 과거의 자료는 우리 쪽에서 다 가지고 있다는 건데요."

"형주코델바이러스의 정보는요?"

"형주코델요?"

"아, 그냥 형주 쪽에서 발생했다고 해서요."

이때만 해도 아직 공식 명칭은 없다. 아직 드러나지 않았으니까.

노형진은 말을 얼버무렸고, 틀린 말은 아니었기에 김려한도 더 이상 파고들지 않았다.

실제로 나중에는 WHO에서 바이러스명을 형주코델바이러스에서 코델09바이러스로 바꾸게 된다.

"그게, 하나도 못 건졌습니다. 사실상 분석할 시간 자체가 없었습니다."

김려한 소장은 안타깝다는 듯 말했다.

사설 연구소가 아무리 신경을 써도 중국 정부보다 빠르게 바이러스의 발생을 확인할 방법은 없다.

비록 대략적인 시간을 알려 줬다고 하지만 노형진이 아는 시간은 중국 정부가 외부에 드러내고 발표한 시간을 기준으로 한다.

'그리고 아직 그 시간이 안 되었지.'

그런데 중국 정부에서 다짜고짜 형주에 있는 민간 연구소를 폐쇄한다?

예상대로 중국 정부에서 코델09에 대한 정보를 감추고 싶어 한다는 소리다.

'환장하겠네.'

노형진은 입술을 깨물었다. 그래서 혹시나 하는 생각에 질문을 던졌다.

"그러면 최소한의 실험도 못 했습니까?"

"아예 시료 자체를 못 구했으니까요. 저희가 신종 바이러스 가능성을 감안해서 시장 쪽을 조사한 것에 대한 보복인 듯합니다."

"후우."

긴 한숨이 나오는 상황.

하지만 또 한편으로는 중국 상황이 이해가 갔다.

'다급하겠지.'

코델09의 전염력은 말 그대로 미친 수준이다.

오죽하면 발병 초기 생화학 병기가 아니라면 이렇게 전파될 수가 없다며 생화학 병기설까지 생길 정도였다.

더군다나 무증상이라는 특이한 현상도 계속된다.

일부 환자는 무증상으로 돌아다니면서 코델09를 퍼트리는 일종의 숙주 노릇을 하게 된다.

'중국 정부의 과거 기록을 생각해 보면⋯⋯.'

원래 중국에서는 신종 바이러스를 차단할 만한 기회가 있었다.

하지만 그걸 발견한 사람이 신고하자 중국 정부는 바이러스를 차단하려고 하는 게 아니라 인민들을 불안케 한다면서 그를 잡아다가 처벌했다.

그들은 국민들 사이에 병이 퍼져서 대혼란이 오는 것보다는 당의 이름에 먹칠하는 것이 더 두려웠던 것이다.

'그런 중국 정부에서 민간 기업을 봉쇄하고 연구자들을 내쫓는다라⋯⋯.'

그 말은 자료가 새어 나가는 걸 두려워한다는 소리다.

노형진은 약간 걱정되었다.

'정상적인 대응이 아니야.'

코델09가 생긴 후에 계속 돌았던 소문.

원래 이게 중국에서 만든 세균전 병기라는 소문.

물론 세계 역학들은 그 소문을 부정했다.

하지만 그 소문은 끝까지 살아남았다.

그럴 수밖에 없는 게, 코델09로 인한 경제적 손실은 둘째 치고 인명 피해가 너무 심했기 때문이다.

그리고 변이가 빠르고 약물에 빠르게 저항성을 가지는 등, 기존에 등장한 그 어떤 질병과도 그 반응 형태가 너무 달랐다.

더군다나 만일 코델09가 진짜 중국의 생화학 무기로 개발된 거라면 전 세계에서 중국을 대상으로 전쟁을 벌일 게 뻔한데 현재 중국의 힘을 생각하면 그건 무조건 세계 3차대전, 그것도 핵을 동반한 세계대전이 될 수밖에 없다.

그래서 음모론자들은 전 세계가 3차대전을 두려워해서 거짓말을 한다고 주장하곤 했다.

'뭐, 결국 진실은 알 수 없게 되기는 했지만.'

그러나 또 한편으로 중국이 생화학 무기를 개발하는 것은 사실이기도 하다.

그 때문에 노형진은 걱정스럽게 물었다.

"혹시 자료가 중국에 넘어갔나요?"

사실 중국 정부에서 자신들이 연구한 자료를 순수하게 백신이나 치료제 개발에 쓴다면 좋겠지만, 중국의 성향을 생각하면 절대 그럴 리 없다는 게 문제다.

분명 자신들의 세균전 무기 개발에 사용할 게 뻔하다.

실제 역사에서도 중국은 백신을 개발한 후에 무기로 삼아

'내 말을 들어라. 그러지 않으면 백신도 없다.'라는 식으로 약소국을 좌지우지했다.

그 당시 많은 나라들이 비슷한 시기에 백신을 개발하는 데 성공하기는 했지만 그 양은 전 세계인들이 사용하기에 턱도 없이 부족했고, 자연스럽게 그런 백신을 개발할 여력이 안 되는 약소국들은 차순위로 밀릴 수밖에 없었다.

그리고 그들에게 중국 정부는 자신들이 개발한 백신을 들이밀면서 굴종을 요구했다.

물론 그 백신의 효과는 다른 나라의 백신과 비교하면 형편 없었지만, 그마저도 감지덕지인 나라들이 가득했다.

'심지어 효과나 부작용도 제대로 검증되지 않은 걸 가지고 말이지.'

그런 그들의 방식을 생각하면, 재수 없으면 자신들이 연구한 모든 자료가 군사적으로 사용될 수도 있었다.

"아니요. 절대 그렇지 않습니다. 저희가 연구를 하던 곳은 중국입니다. 절대로 그렇게 허술하게 하지 않았습니다."

다행히 김려한 소장은 확신하듯 말했다.

"확실합니까?"

"네. 해킹 시도가 뭐 하루 이틀 문제였겠습니까."

한국에 대한 해킹도 하루에 수십 번씩 하는 게 바로 중국이다. 형주에 있던 연구소에 대한 해킹은 당연히 예상한 일이었다.

물론 그 해킹은 완벽하게 실패할 수밖에 없었다.

내부의 연구 자료는 인터넷에서 완전히 떨어진 인트라넷 상의 기록으로만 접근할 수 있었고, 애초에 해당 회선은 아예 물리적으로 인터넷으로 접근할 수가 없었으니까.

심지어 보안도 단순히 들어가서 다운받을 수 있는 게 아니라, 들어갈 때마다 회선을 통해 소장이나 부소장급의 동의를 받아야만 문이 열리는 방식으로 되어 있었다.

"하지만 군이 진입했다면서요?"

노형진이 걱정스럽게 묻자 김려한 소장은 걱정하지 말라는 듯 말했다.

"네. 저도 최악의 상황을 상정해서 보안 시설을 삼중으로 했습니다."

"삼중?"

"네. 단순히 들어가는 것만이 끝이 아닙니다."

일단 자신의 명령에 따라 모든 컴퓨터의 하드는 자동으로 포맷된다.

물론 포맷도 단순 포맷이면 중국 정부에서 복구할 수 있겠지만, 전문 포맷 프로그램을 통해 단시간 내에 수십 번의 삭제와 덮어쓰기가 반복되기 때문에 복구는 힘들다.

두 번째 단계가 실행되면 컴퓨터의 주요 자료를 보관하는 곳에 설치된 장비에 전기가 통한다.

그리고 그 안에는 전기가 통하면 자석으로 변환되는 장비가 들어 있다.

초강력 자석으로 하드를 완전히 못 쓰게 만드는 방식을 상
요하면 애초에 복구 방법이 없다.

마지막 3단계가 시작되면 물리적 파괴가 진행된다.

자동으로 발화장치가 작동되어 하드가 불타 버리는 것이
다.

포맷에 자기 삭제에 하드의 물리적 파괴까지 진행되면, 아
무리 중국 정부가 대단한 기술을 가졌다고 해도 복구하는 건
불가능하다.

"개개인의 컴퓨터는요?"

"애초에 개인 컴퓨터에는 하드 자체가 없습니다. 모든 컴
퓨터들은 승인된 단말기만을 통해 외부에서 자료를 볼 수 있
습니다. 필요하면 출력 정도는 가능하겠지만요."

"그러면 자료가 중국 정부로 넘어갈 가능성은 없겠군요."

"네, 없을 겁니다. 내부의 배신자가 사진을 찍어 가지 않
은 이상에야."

하지만 이미 노형진이 배신자는 없다는 걸 몇 번이나 확인
했다.

아무리 뛰어난 스파이라고 해도 노형진의 사이코메트리
능력에서 벗어날 수는 없으니까.

"우리 쪽에 온 중국군 장교는 거의 미치려고 하더군요."

"아마 그럴 겁니다."

민간 기업을 봉쇄하고 그 기술을 빼앗으려고 했는데 다 망가졌으니까.

'그만큼 중국 정부가 다급한 상황이라는 거군.'

아무리 중국 정부라고 해도 이런 일은 국제적으로 문제가 될 수밖에 없다.

그럼에도 불구하고 연구소를 습격하다시피 한 건, 중국 정부 스스로도 통제가 불가능하다는 걸 직감적으로 느낀 것이다.

"좋습니다."

노형진은 김려한의 확신에 안도의 한숨을 내쉬었다.

물론 그렇다고 해서 자료가 아예 없는 건 아니었다.

연구한 자료는 주기적으로 모두 한국으로 보내지니까.

그러니 자료는 한국에 남아 있다.

"남은 연구는 성함연구소에서 계속 진행하겠습니다."

성함연구소는 섬 한가운데 있는 연구소다.

원래 원주민들이 다 사라진 무인도였으나 노형진이 구입해서 연구소를 만들었다.

아예 사람이 살지 못하는 그런 곳이 아니라 낙후되면서 자연스럽게 사람들이 사라진 곳인지라, 공간도 충분하고 선착장도 있고 식수 문제도 안전했다.

결정적으로 전기도 들어오는 데다가 자체 발전 시설까지 들여놨다.

그런 곳에 4등급의 최고 등급 연구 시설을 만들어 두고 있었으니 거기에서 연구를 계속 진행하면 된다.

섬이라는 특성상 비상사태가 터진다고 해도 외부에 영향을 줄 일은 없으니까.

"알겠습니다."

노형진은 김려한에게 추후 연구에 대해 몇 가지 말을 하고 나서는 심호흡했다. 그러고는 한참을 고민했다.

"역시, 지금 시작해야겠지?"

코렐09는 역사를 바꾼다.

누군가 했던 말처럼 코렐09 이전의 세상으로 다시는 돌아가지 못한다.

"그리고 그 와중에 대혼란이 오지."

온갖 탐욕과 분노가 세상을 채우고, 그 와중에 사람의 목숨은 터무니없는 값어치가 된다.

한 사람이 자유를 외치면서 자기 마음대로 마스크를 벗고 다니고, 코렐09에 걸린 걸 알면서도 여행 다닌 대가로, 억울한 수십 수백 명이 목숨을 잃게 된다.

"최선이 안 된다면 차선을 찾아야지."

하지만 차선은 노형진이 혼자 할 수 있는 게 아니었다.

"누군가에게는 악마가 되어야지."

노형진은 자리에서 일어나면서 중얼거렸다.

그의 눈은 번뜩거리고 있었다.

서울에 있는 새론의 회의실. 그 안은 조용하다 못해 소름이 돋을 정도였다.

"그러니까 중국에서 발병한 질병으로 인해 전 세계적으로 수천만 명이 죽을 거란 말인가?"

"네."

"너무 억측 아닌가?"

"억측은 아닙니다. 어찌 되었건 중국에 있던 연구소는 사설 연구소입니다. 그곳이 미다스 소유의 연구소라는 건 알 만한 사람은 다 알죠. 그런데 미다스와 척질 것까지 각오하고 그곳을 털었습니다. 그게 무슨 의미겠습니까?"

"후우…… 하긴 그건 그렇지."

미다스는 자신에게 적대한 곳을 절대로 용서하지 않는 사람이라고 알려져 있다.

웃으면서 대하지만, 칼을 찌른 사람을 용서해 주는 타입은 결코 아니라고.

그런데 미다스의 연구소를 강제로 폐쇄했다?

"뭔가 감추려고 하는 건 확실하네요."

"그리고 최종적으로 정체불명의 질병이 중국 내부에 돌고 있다는 것은 이미 보고가 올라왔습니다. 재생산 지수를 확인한 결과, 그 수치가 어마어마하더군요."

"재생산 지수?"

"감염자 한 명이 감염시킬 수 있는 추정 감염자 수를 의미합니다. 연구 결과, 스페인 독감의 두 배 이상이라고 하더군요."

"지금 스페인 독감의 두 배라고 했나?"

"네."

스페인 독감은 1918년 터져서 추정 사망자가 5천만 명이나 되는 질병이다.

1차대전 당시 사망자가 900만 명이니, 얼마나 많은 사람들이 죽었는지 알 수 있다.

"더군다나 이 질병은 조사 결과 무증상 감염도 있고, 증상 발현 전 감염도 가능하다고 합니다."

물론 그건 노형진이 회귀 전에 들은 말이다.

하지만 연구한 당사자가 여기에 없으니, 이런 말을 해도 다들 노형진이 연구자에게 들었을 거라고 생각할 뿐이다.

"증상 발현 전 감염?"

"쉽게 말해서 감염되어 증상이 나타나기 전에도 다른 사람을 감염시킬 수 있다는 소리입니다."

간단하게 표현하면 물컵을 생각하면 된다.

물컵은 물을 꽉 채우고 나면 그때부터 넘친다.

하지만 그걸 흔들면 물이 반도 안 찼어도 사방으로 넘친다.

증상 발현 전 감염도 그것과 비슷하다.

바이러스가 폭발적으로 증식하면서 감염이 시작되지만,

숙주인 인간을 완전히 다 감염시키기도 전에 호흡기 등을 통해 다른 숙주에게로 전파될 수 있다는 소리다.

그 말은, 감염 여부를 모른 채 돌아다니면서 사람들을 만난 시기에 이미 감염이 이루어졌을 수 있다는 뜻이며, 그 시기에 이루어진 감염은 추적이 불가능하다는 소리다.

"미친……. 그게 가능하다고?"

"저희 쪽에서 알아본 바에 따르면 그렇습니다."

"그런……."

변호사들은 다들 침묵을 지켰다.

이 상황에서 뭘 어떻게 해야 하나 다들 머릿속이 복잡했다.

"그런데 그걸 왜 우리한테 이야기하자고 모인 건가?"

"일단 해외 쪽은 마이스터에서 다 알아서 할 테지만 한국 쪽은 우리 로펌에서 나서야 할 것 같습니다."

"뭘? 우리가 약을 개발할 수 있는 것도 아닌데."

김성식은 고개를 갸웃했다.

질병이 돌 거라는 노형진의 말은 이해가 가지만 거기에 변호사들이 할 수 있는 게 뭐가 있단 말인가?

그런데 노형진은 생각지도 못한 말을 꺼냈다.

"마스크 공장을 세우고 구입해야 합니다."

"마스크 공장을? 왜?"

"방금 말씀드렸다시피 해당 질병은 호흡기를 통해 감염됩니다. 아마 마스크에 대한 폭발적인 수요가 생길 겁니다."

"폭발적인 수요라 하면······."

"누군가 마스크를 사재기하기 시작할 거라는 거죠."

아직 중국에서도 질병이 돌지 않아 전 세계적으로 마스크의 소비량은 그다지 많지 않다.

한국이야 황사 때문에 어느 정도 생산량이 있지만, 미국이나 유럽은 문화적으로 마스크는 환자나 쓰는 거라고 생각해서 마스크 공장 자체가 아예 없다시피 하다.

그래서 필요한 마스크는 죄다 해외 수입을 통해 보충한다.

"그런데 전 세계에서 마스크를 써야 한다면 어떻게 될까요?"

지금 생산량은 팬데믹 이후 필요량의 1천분의 1도 되지 않는다. 당연히 가격은 미친 듯이 올라갔다.

'그리고 그게 코델09 확산의 주요 원인 중 하나지.'

개당 400원에서 500원 하는 마스크가 한 장에 만 원을 훌쩍 넘어 버린다.

물론 수요가 공급을 못 따라가니 오르는 건 당연하다. 그것까지는 이해를 한다.

하지만 마스크 업자들은 그 이상을 원했다.

사람들이 감염으로 죽어 나가고 있을 때에도 창고에 마스크를 가득 쌓아 두고 가격을 올리려고 장난을 쳤다.

실제로 코델09 초기에는 물건이 없어 미친 듯이 가격이 올라갔지만, 정부에서 마스크의 가격을 통제하면서 판매량을 조절하자 갑자기 물량이 트럭째로 미친 듯이 쏟아지기 시작했다.

정부에서 모든 생산량을 통제하고 관리하는 상황에서 과연 그 마스크들은 갑자기 어디서 나타났을까?

"자네는 누군가가 마스크 가격을 가지고 장난칠 거라고 확신하는군."

"그럴 리 없다고 생각하시지는 않겠지요?"

"하긴, 나도 그렇게는 말 못 하겠군."

노형진의 말에 김성식도, 무태식도 고개를 끄덕거렸다.

"누구라도 그런 기회가 온다면 장난을 칠 겁니다."

"물론 우리도 가격이 오른 만큼 충분한 수익을 낼 수 있을 겁니다만."

"하지만 우리가 적당히 브레이크를 건다면 그들도 장난을 못 치겠군."

"맞습니다."

그들이 마스크를 쌓아 두고 가격을 올리려 한다 한들 노형진과 새론에서 가격을 딱 정해 두고 그 이상으로는 올리지 않는다면?

그리고 생산 물량을 계속 푼다면?

당연히 가격 상승에는 한계가 온다.

"그리고 병은 원래 가난한 사람들에게 먼저 찾아온다고 하지요."

"그렇지."

마스크가 한 장에 만 원이나 하는 판국이라면 가난한 사람들은 그걸 살 돈이 없으니 어쩔 수 없이 한정된 삶을 살아야 한다.

"지금 기업들을 사면 아마 가치는 충분히 할 겁니다."

"알겠네. 자네 말대로 하지. 어차피 우리 새론은 다른 로펌들과는 운영 방식이 다르니까."

보통 로펌들은 순수하게 수임료로 활동하지만 새론은 다른 수익을 통해 변호사들의 소득을 보전해 주고 대신에 수임료를 낮추는 방식을 선택했다.

노형진이라는 존재가 있기 때문에 가능한 일이었다.

"제가 봐서는 마스크를 비롯해서 소독 관련 회사들도 구입해야 할 듯합니다."

"그건 알겠네. 혹시 검사들도 포섭할 건가?"

"네. 돈이 있어야 흔들리지 않으니까요."

돈 없이 청빈하게 살아라? 그것만큼 힘든 일이 없다.

1만 명 중 한 명이나 성공할까?

하지만 충분한 돈이 있는 사람이라면 굳이 위험한 길을 갈 이유가 없다.

검사가 돈이 없는 가난한 사람이라면 1천만 원에라도 흔들리겠지만 100억대 자산가라면?

검사 일은 취미 삼아 하게 된다는 소리처럼 흔들림이 적어질 수밖에 없다.

설사 흔들고 싶어 한다고 해도 지금처럼 몇천이 아니라 몇
억이 들어야 하니 로비하는 입장에서도 부담스럽고, 터졌을
때에는 더욱 확실하게 털려 나가게 된다.

금액이 클수록 죄는 더 커지니까.

"우리 쪽 검사들을 끼워 넣을까 생각 중입니다."

"무슨 소리인지 알겠네."

"그리고 방역과 관련해서 법을 좀 만들어야 할 것 같습니다."

노형진은 구석에서 심각한 표정으로 생각에 잠긴 송정한
을 바라보면서 말했다.

사실 로펌이야 질병의 당사자는 아니지만 정치인이 된 송
정한의 입장에서는 심각한 문제다.

'한국에서는 그나마 체계적으로 막아 내기는 했지만.'

그건 어디까지나 정부에서 욕먹을 각오 하고 막아선 거다.

그 당시에 언론은 예방책을 시행하려 하면 나라가 망한다
고 공격했고, 반대로 놔주면 놔준다고 공격했다.

물론 노형진이 법과 규정을 새로 만들고 언론을 어느 정도
컨트롤할 수 있게 해 놨다고 하지만 그렇다고 해서 모든 게
다 완벽한 것은 아니었다.

일단 가장 큰 문제는 종교다.

한국의 감염의 상당수가 종교 시설에서 발생했다.

그리고 그때마다 종교 시설에서는 특혜를 요구했고, 방역
하려고 할 때마다 종교 탄압이라고 저항했다.

"다른 건 어쩔 수 없지만 아마 종교가 문제가 될 겁니다. 아시다시피 대부분의 종교는 집단으로 모여서 기도하는 형식으로 운영됩니다."

"그건 알지."

"그걸 막아야 합니다."

아무리 경제를 희생해 가면서 모든 걸 포기하고 수업도 포기하고 가게도 포기하면 뭐 하나?

종교 시설에서는 어떻게 해서든 돈을 벌기 위해 종교 탄압이니 뭐니 하면서 법을 철저하게 무시했다.

물론 정부에서 종교 단체를 강하게 압박할 수 있는 방법이 없다는 것도 문제다.

"종교 시설에서 그렇게 무시할 거라 생각하는 이유가 뭔가요?"

고연미 변호사는 고개를 갸웃했다.

그럴 수밖에 없다. 아직은 상식적으로 생각하는 단계니까.

하지만 현실이 닥쳐오면 인간은 전혀 상식적이지 않은 존재라는 걸 알게 된다.

"돈이 문제죠."

"돈요?"

"네, 돈요. 사실 대한민국의 상당수 종교 시설은 기업화되어 있습니다."

그리고 그곳들은 돈을 벌기 위해 투자한다.

공장처럼 기계 같은 게 없으니 투자를 한다면 그 대상은 당연히 종교 시설 자체다.

즉, 집단화 그리고 대형화함으로써 더 많은 수익을 창출하는 거다.

"대부분의 종교 시설은 그러한 투자금을 회수하고 싶어 하지요. 문제는, 그 투자금을 자기들이 내는 게 아니라는 겁니다."

"설마 대출?"

"네, 맞습니다. 그리고 생각보다 종교 시설의 대출은 쉽게 이루어집니다."

종교 시설의 대출은 아주 쉬운 편이다.

종교라는 특성상 기부자들이 많아서 떼어먹힐 가능성이 별로 없기 때문에 은행들은 종교 시설의 대출에 대해 관대하다.

"하긴, 신보다는 종교인을 믿고 따르는 사람들이 더 많으니까."

종교인이 신보다 우월하다 믿고 그 종교인을 따르는 것이 더 우선인 사람들이 많다.

"음…… 그렇기는 하지요. 맞아요, 노형진 변호사님이 했던 그 세뇌에 관해서도 그렇고요."

사이비 종교 시설과 관련해서 노형진은 세뇌를 문제 삼은 적이 있었다.

"세뇌의 영향력은 그만큼 세니까요. 아, 돈 문제뿐 아니라 세뇌의 문제도 있을 겁니다."

세뇌는 지속적으로 그리고 끊임없이 이루어져야 한다. 그런데 대한민국의 일부 종교인들은 그 방식을 통해 자신의 세력을 늘려 왔다.

사이비 종교뿐만 아니라 소위 주류라고 불리는 일부 종교 단체에서도 세뇌는 종교 유지의 핵심 요소 중 하나였다.

"그런데 만일 교회에 집합 금지 명령이 떨어지면 그 세뇌 효과가 사라지게 될 겁니다."

노형진의 세뇌 사건 이후에 반세뇌는 한국에서 지속적으로 연구되고 있고, 가장 효과적인 것은 격리 및 사회와의 접촉이라는 사실이 드러났다.

"세뇌로 세력을 불린 종교인들은 그게 두렵겠군요."

"네. 그러니까 어떻게 해서든 그걸 막으려고 할 겁니다."

물론 노형진은 개개인의 종교에 대해 터치하고 싶은 생각은 없다.

하지만 일부 종교인들은 종교가 아닌 정치를 하기를 원했고, 실제로 종교라는 허울을 뒤집어쓰고 정치를 하는 놈들이 많았다.

그건 어떻게 해서 넘어간다고 해도 다른 문제가 있으니, 바로 비상사태라는 거다.

전 세계에서 사람들이 죽어 가고 있는데 그들의 머릿속에는 권력과 돈만이 가득했고, 한국 내에서도 분명 코렐09가 종식될 기회가 몇 번이나 있었지만 그때마다 그들로 인해 무너지게 된다.

'결국 나중에는 걷잡을 수 없게 퍼지게 되지.'

사람들의 인내에는 한계가 있다.

1년을 넘어 2년이 지나도록 상황이 계속되자 사람들은 결국 될 대로 되라는 식으로 행동하기 시작했고 그때부터는 방역이 제대로 작동하지 않게 되었다.

노형진은 그걸 막기 위해 최선을 다할 생각이었다.

"그러면 우리는 마스크 회사와 방역 관련 회사를 최대한 구입하도록 하지. 자네는…… 마이스터 쪽은 아예 새로 공장을 차릴 생각인가?"

"이미 차렸습니다."

이미 마스크 공장이 별로 없는 미국과 유럽 등지에 마스크 공장을 차리고 4교대를 해 가면서 미친 듯이 마스크를 생산하고 있었다.

심지어 미국에서는 불법체류자까지 써 가면서 작업할 수밖에 없을 지경이었다.

미국은 주말에 쉰다는 개념이 워낙 강해서, 어떤 노동자도 주말에 일을 하지 않으려고 하다 보니 어쩔 수가 없었다.

상황을 이해 못 한 로버트조차도 도대체 왜 그렇게 마스크와 위생용품에 목숨을 거느냐고 물어볼 정도였다.

어쩔 수가 없었다. 그 한 장의 마스크에 목숨이 왔다 갔다할 시기가 닥쳐오고 있으니까.

'하지만 그렇게 미친 듯이 만들어 놔도 답 없기는 마찬가

지지.'

아무리 공장을 계속 증설하고 풀로 돌린다고 한들 결국 마스크 대란은 피할 수가 없으리라.

'그나마 피해라도 잘 막을 수 있으면 모르는데.'

하지만 역사는 노형진이 아는 대로 흘러가고 있었다.

미국 정부는 공공 의료와 공중보건에 관해 지원을 끊고 있었고, 한국 역시 공중보건은 나라가 망하는 포퓰리즘이니 지원을 끊어야 한다는 주장이 대두되고 있었다.

실제로 정치인 한 명이 지역에 있는 대형 국립 의료원을 폐쇄한 상태다.

이유는 그게 포퓰리즘이라서 운영하면 안 된다는 것이었다.

당연하게도 그 후 해당 지역의 의료 시스템은 완전히 개판이 되어 버렸다.

'때때로는 이런 게 역사인 것 같기도 하고.'

산업계에는 100 : 1의 법칙이 있다.

대형 사건이 터지기 전에는 백 개의 작은 사건이 터진다는 일종의 계산법이다.

실제로 작은 사건들이 연달아 터져도 별일 아니라고 무시되다가 결국 초대형 사건이 터지는 게 현실이다.

"자네는 이게 얼마나 갈 거라 생각하나?"

"최소 3년, 아마도…… 백신이 나오고 모두 접종하고 그러기 위해서는 5년 이상 갈 겁니다. 변종까지 생각하면……."

"생각하면?"

"다시는 지금 세상으로 돌아오지 못할 겁니다."

누군가 그랬다. 코델09 이전의 세상은 절대로 돌아오지 않는다고.

그건 단순히 마스크를 쓰고 소독하는 그런 것이 아니었다.

'코델09는 각 국가의 본질을 드러나게 했지.'

미국이 얼마나 흔들리고 내부가 불안정한지.

유로가 말로는 하나의 유럽을 주장하지만 내부에 각 국가의 이기심이 얼마나 강한지.

그리고 중국이 얼마나 다른 나라를 지배하고 싶어 하는지까지.

코델09를 기점으로 세상의 본질이 알려졌다.

"아, 그리고 여행 관련 주식들은 모두 손절 하세요."

"그 정도인가?"

"네. 이제 당분간 사회적 고립이 지속될 겁니다."

그리고 그건 개인이 아니라 국가도 마찬가지였다.

'이 지옥이 빨리 끝나기를.'

그러나 그게 쉽지 않으리라는 걸 노형진은 전 세계의 누구보다 잘 알고 있었다.

다음 권으로 이어집니다

엑스트라 책사의 로열로드

mensol 퓨전 판타지 장편소설

『회귀자의 그랜드슬램』의 mensol
무과금의 신을 소환하다!

실력 게임을 무과금으로 돌파하던 레전드 유저
게임 속 똥캐 조연에게 빙의되다!
신묘한 계책으로 배신당해 파멸하는 결말을 피하라!

한미한 남작 가문 사남 알스
인공지능과 겨루던 체스 실력
전략 게임으로 다져진 기기묘묘한 책략
히든 피스로 얻은 무력으로
대륙을 평정하다!

삼국지를 연상케 하는 디테일한 전략!
피 끓는 전장의 광기가 폭발한다!

꿈의 도약, 로크에서 하십시오
(주)로크미디어에서 신인 작가를 모십니다

즐거운 세상, 로크미디어는 꿈을 사랑하고 도전을 두려워하지 않는 작가 분들의 참신한 작품을 기다리고 있습니다. 21세기 장르 문학계를 이끌어 갈 차세대 선두 주자 (주)로크미디어에서 여러분의 나래를 활짝 펴 보시길 바랍니다.

모집 분야 판타지와 무협을 포함한 장르 문학
모집 대상 아마추어 작가, 인터넷 작가
모집 기한 수시 모집
작품 접수 시 유의 사항
    1. 파일명은 작가명_작품명.hwp형식을 갖춰 주십시오.
    1. 파일에 들어갈 내용은 다음과 같습니다.
        — 성명(필명인 경우 실명을 밝혀 주세요), 연락처, 이메일 주소
        — 제목, 기획 의도
        — A4용지 1장 분량의 등장인물 소개
        — A4용지 2장 분량의 전체 줄거리
        — 본문
    1. 작품이 인터넷에 연재되고 있다면, 게시판명과 사이트의 구체적이고 정확한 주소를 기재해 주십시오.

선택된 작품은 정식 계약 후 출판물로 간행되어 전국 서점에 유통됩니다.
작가 분은 (주)로크미디어의 전폭적인 지원하에 전속 작가로 활동하시게 됩니다.
※ 자세한 내용은 로크미디어 홈페이지(rokmedia.com)를 참조하세요.

(03920)서울시 마포구 성암로 330 DMC첨단산업센터 3층 318호
(주)로크미디어 편집부 신간 기획 담당자 앞
전화 : 02) 3273-5135
www.rokmedia.com   이메일 : rokmedia@empas.com

One for all
원포올

일라잇 스포츠 장편소설

작렬하는 슛, 대지를 가르는 패스
한계를 모르는 도전이 시작된다!

축구 선수의 꿈을 품은 이강연
냉혹한 현실에 부딪혀 방황하던 중
운명과도 같은 소리가 귓가에 들어오는데……

당신의 재능을 발굴하겠습니다!
세계로 뻗어 나갈 최고의 축구 선수를 키우는
'One For All' 프로젝트에, 지금 바로 참가하세요!

단 한 번의 기회를 잡기 위해
피지컬 만렙, 넘치는 재능을 가진 경쟁자들과
최고의 자리를 두고 한판 승부를 벌인다!

실력만이 모든 것을 증명하는
거친 그라운드에서 당당히 살아남아라!

기갑천마

거짓이슬 퓨전 판타지 장편소설

종말을 막지 못한 절대자 복수의 기회를 얻다!

무림을 침략한 마수와의 운명을 건 쟁투
그 마지막 싸움에서 눈감은 무림의 천하제일인, 천휘
종말을 앞둔 중원이 아닌 새로운 세상에서 눈을 뜨는데……

"천휘든 단테든, 본좌는 본좌이니라."

이제는 백월신교의 마지막 교주가 아닌 평민 훈련병, 단테
그럼에도 오로지 마수의 숨통을 끊기 위해
절대자의 일 보를 다시금 내딛다!

에이스 기갑 파일럿 단테
마도 공학의 결정체, 나이트 프레임에 올라
마수들을 처단하고 세상을 구원하라!